PAUL EUDEL

MES VINGT ET UN JOURS A LA BOURBOULE

L. CLOUZOT, ÉDITEUR, NIORT

LA BOURBOULE. EN VENTE AUX ÉTABLIS-SEMENTS DE LA COMPAGNIE DES EAUX MINÉRALES ET CHEZ TOUS LES LIBRAIRES

MES VINGT ET UN JOURS

A LA

BOURBOULE

Ce livre est dédié

À MADAME NÉLIE VIMAL-CHOUSSY

dernière descendante des Choussy
qui fondèrent La Bourboule

PAUL EUDEL.

PAUL EUDEL

Mes Vingt et un Jours

A LA

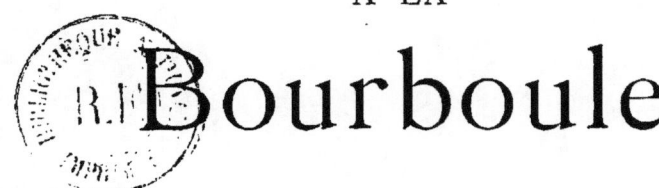Bourboule

NIORT

L. CLOUZOT, LIBRAIRE ÉDITEUR

22, Rue Victor Hugo, 22

1903

PRÉFACE HISTORIQUE

« La Bourboule est un hameau situé à six kilomètres du Mont-Dore, dans la commune de Murat-le-Quaire, à 839 mètres d'altitude. Le granit se montre derrière les sources, sous la forme d'une colline assez escarpée, qui

1

se continue sous les ruines du château de Murat-le-Quaire par une nappe de basalte. Contre ce granit, dans le fond de la vallée et au village même, viennent s'adosser des tufs ponceux d'une extrême finesse, d'un blanc jaunâtre et contenant des empreintes de plantes qui n'existent plus dans la contrée. » — Ainsi s'exprimait Henri Lecoq, en 1864, dans *les Eaux minérales du Massif central de la France.*

L'origine des eaux de la Bourboule est fort ancienne. Elles remontent aux convulsions volcaniques que dût subir l'Auvergne lors de sa formation. D'où viennent-elles exactement? D'en haut, ou d'en bas? Emanent-elles de vapeurs passant sur des foyers souterrains restés incandescents, se liquéfiant peu à peu lorsqu'elles remontent à la surface du globe? C'est peu probable.

Faut-il croire à l'existence d'un ancien lac, qui se serait peu à peu desséché pour laisser un gisement de tuf ponceux avec, à une grande profondeur, des eaux dormantes, minéralisées par la nature des milieux qu'elles auraient traversés ? — Ce n'est pas l'opinion des géologues les plus autorisés.

D'après une troisième théorie, l'eau tombant du ciel filtre à travers les fissures des tufs, traverse des gisements de sel gemme, s'imprègne de substances solubles, rencontre dans une région chaude des courants d'acide carbonique, glisse sur le plan incliné d'un massif granitique, remonte vers le sol par une sorte de siphon renversé, et finit par émerger à la hauteur d'une colline, ou presque au ras du sol. Mais cette hypothèse ne donne aucune satisfaction lorsqu'il s'agit d'expliquer scientifiquement la persistance du volume, de la température et de la composition chimique des eaux.

En résumé, toutes ces doctrines se contredisent, et on ignore le laboratoire mystérieux,

où, depuis des milliers de siècles sans doute,
les eaux de la Bourboule préparent leur
action guérissante ; et les anciens avaient
peut-être raison d'en faire l'objet d'une des
légendes populaires du pays. D'après un
conte charmant, des fées auraient créé, pour
leurs amis et pour elles-mêmes, ces réservoirs
bienfaisants ; et l'on peut retrouver encore,
sur la roche où elles venaient boire, les trous
creusés par leurs verres et l'empreinte de
leurs pieds mignons.

A coup sûr les Gaulois devaient connaître
ces eaux bien faites pour séduire les druides,
au milieu des impénétrables forêts des
Arvernes. Une piscine formée de troncs de
sapins, retrouvée au Mont-Dore, en est l'indice certain. Les Romains, après leur victoire
sur le plateau de Gergovie, se sont bornés
probablement à améliorer l'exploitation des
eaux curatives répandues dans la région. Ces

maîtres de l'art balnéaire ont alors installé des Thermes de tous les côtés.

La Bourboule était-elle du nombre de ces créations, de ces bains chauds — *callentes baiæ*? Une baignoire en pierre, découverte sur le flanc de ses coteaux dans une fosse gallo-romaine, tendrait à le faire croire. Mais ce n'était peut-être aussi qu'une auge ou une vasque réservée à d'autres emplois. Selon nous, il n'y avait alors aucun bain : pas d'immersion, même partielle ; tout se bornait à une eau salutaire, connue de vieille date, s'échappant des fissures des rochers et coulant ensuite à ciel ouvert en un mince filet qui allait se perdre dans la Dordogne.

Depuis cette époque lointaine, la Bourboule a une histoire aussi courte que sa prospérité a été rapide. Elle mouvait au XIIe siècle du fief de Murat-le-Quaire. Ses hauts et puissants barons s'intitulaient seigneurs de la Bourboule et autres lieux. De leur château féodal, aujourd'hui en ruine, ils dominaient cet humble hameau.

Un bail du xve siècle, dont l'original était entre les mains de M. Anatole-Guillaume Grandpré de Moulins, donne des renseignements précieux sur les bains de la Bourboule à cette époque. Cet acte fut, en 1867, communiqué à la famille Choussy par M. Michel-Guillaume Grandpré. Il nous est venu à notre tour par l'intermédiaire de Mme Vimal de Lanaudie, née Nélie Choussy, qui nous a fourni de précieux renseignements sur les origines de la station. Nous le reproduisons in extenso :

Au nom du Seigneur, ainsi soit-il, l'an de l'incarnation du même Seigneur 1463, et le douzième jour du mois de juillet, cinquième année du pontificat de notre Très Saint Père et Seigneur en le Christ, Pie second, pape par la divine providence, et régnant l'illustrissime prince et

LA BOURBOULE EN 1865

seigneur Louis [XI] par la grâce de Dieu roi de
France.

Sachent tous en général et en particulier, présents, et à venir, qui verront, liront et entendront
ce présent acte public :

Que personnellement établi en la personne de
moi notaire public et des témoins ci-dessous écrits,
Pierre Chanet, fils de Jean, habitant du lieu ou
manse de la Bourboule, de la paroisse de Murat
le Caire, pour lui et au nom de Pierre Antoine et
autre Pierre Chanet, ses frères, agissant librement,
volontairement, de son plein gré et de science
certaine, en l'absence de toute violence, dol,
crainte et fraude pour eux et leurs héritiers et
successeurs quelconques ;

A reconnu et confessé en manifeste vérité dans
et par ce véritable et public acte instrumentaire,
fermement valable, maintenant et à toujours,
devoir et s'engager à payer chaque année, savoir
les choses qui suivent et sont plus bas énoncées.

A révérend père et seigneur en [J.] Christ,
notre seigneur Guillaume de la Tour par la mi-
séricorde divine patriarche d'Antioche, seigneur

1

usufruitier des châteaux et lieux qui dépendent de son patrimoine et de Murat le Quaire et de sa part des Bains [du Mont-Dore], de leur mouvance du diocèse de Clermont ;

Et à excellent noble et puissant homme le seigneur Agnès de la Tour, chevalier, comte de Beaufort, vicomte de Turennes et d'Overgnes, seigneur propriétaire des dits châteaux et lieux et mouvances d'iceux ;

Autant que cela touche et pourra toucher en quelque manière que ce soit à toujours les dits seigneurs ou lequel que ce soit d'entre eux lors même qu'ils seraient absents ;

Et à noble homme Louis des Escures, écuyer habitant du Repaire des Escures (1) près le dit château de Murat le Quaire, leur chargé de procuration, ainsi qu'il appert au moyen de lettres ou actes instrumentaires dressés à cet effet et scellé par le dit seigneur de son sceau rond, et reçu par discret homme maître Firmin du Terrail, notaire public,

(1) L'un des villages du versant sud du massif du Puy Gros.

et signé de sa propre signature en date de l'an 1463
le treizième jour du mois de mai, dont la teneur
n'est point insérée ici à cause de sa longueur, et
d'abord douze sols, six deniers tournois de cens
annuel et de rente, pour certain tènement appelé
de la Bourboule, lequel tènement a appartenu à
Jean Lacombe, à Bourbon et à Marguerite
Lacombe, soit qu'il existe dans le dit tènement
maison, habitation, chezal, pacages couderts,
prés, herbages, terres cultivées ou incultes, et
même aussi tous les Bains appelés de la Bourboule, selon ses confins joignant à l'eau de la
Dordogne d'une part, les terres de la manse de
Quaire d'autre part et le communal de Caire
d'autre part ;

Item il existe et appartient au même tènement
un certain pré appelé de la Trémolière, de la
contenue de trois œuvres ou environ, joignant le
ruisseau de Vendès d'orient, le chemin des Bains
à Tauves d'autre part, la forêt appelée de.Merle
d'autre part, et le ruisseau de la Dordogne
d'autre part ;

Item de plus a reconnu le dit reconnaissant,

pour lui et au nom que dessus, devoir et s'engager à payer chaque année, savoir *quatre cents*
sols tournois de cens annuel et de rente pour
certain hospice qu'il doit, hospice qu'il doit faire
et élever dans les appartenances de la Bourboule,
pour toute saignée tant de cornetterie [cornet à
ventouses] que saignée de la veine ;

Item de plus a reconnu le dit reconnaissant
pour et au nom que dessus, devoir et s'engager
à payer chaque année trois livres deux sols six
deniers tournois de monnaie de cens annuel et
de rente, item trois émines de fleur de farine,
trois émines d'avoine mesure de Murat, item de
froment, item trois gélines bonnes et suffisantes
de cens annuel et de rente pour la part et por-
tion qui lui est afférente et lui appartient dans
la manse de Quaire et ses appartenances, soit qu'il
s'y trouve des maisons, habitations, granges,
écurie, horts [jardins] vergers, pacages, prés,
pâturages, terres cultivées ou en friches, eau et
autres propriétés appartenant à la même manse,
confinés par la forêt de Sala de midi, les prés des
Prégnoux d'autre part, les terres de la manse de

l'Audouze d'autre part, les terres de la manse de
Peschin d'autre part et les terres de la manse de
Murat le Cayres d'autre part ;

Toutes lesquelles choses ci-dessus énoncées
le dit reconnaissant a reconnu pour lui et aux
noms sus énoncés tenir des mêmes seigneurs
aux cens sus dits, avec tout le droit complet de
directe, qui comprend le cens avec tout droit
d'investizon et de désinvestizon et de faire le
troisième denier sur les ventes et les échanges,
suivant l'usage pour l'entretien des soldats.

Le dit reconnaissant a de plus reconnu être
à raison de ce qui précède taillable, corvéable,
tenu de charrois, du guet exploitable, d'après
les usages coutumes et observances des dites
terres et chatellenies de Murat le Cayres et des
Bains et ainsi que les hommes ou paysans ses
prédécesseurs habitant les dites terres ou laquelle
que ce soit d'entre elles avaient accoutumé de
faire, il s'est engagé à faire pour lui et au nom
susdit et à payer chaque année et porter à ses
frais selon l'usage consacré par les dits seigneurs
et ses prédécesseurs les dites redevances ou cens

du dit lieu de Murat le C. à la fête du bienheu-
reux Jullien du mois d'août; et cela aussi longtemps qu'il sera tenancier aux engagements
sus dits ;

Et de ne pas substituer à ces engagements
ci-dessous reconnus, aucun clerc, ou soldat,
aucune maison ou personnes religieuses interdits
de droit ;

Et de renoncer à tous privilèges d'autre cens
ou pension annuelle ou servitude qui put pré-
judicier ou porter atteinte en quoi que ce soit
aux droits des dits seigneurs, et de renouveler le
dit engagement toutes fois et quand en sera
requis, et d'être bon paysan et loyal emphytéote.

A l'observation entière et complète de tous
lesquels engagements sus énoncés, le sus dit reconnaissant lui et au nom que dessus a obligé et
hypothéqué tous ses biens mobiliers et immobi-
liers présents et à venir au profit des dits
seigneurs sous toute renonciation quelconque
des droits et garanties de l'un et l'autre droit.

Se soumettant pour l'entière exécution des
présentes à toute contrainte, poursuites, action et

sévérités de la cour de Mont-Ferrand et chancellerie du roi en Auvergne, se reconnaissant et con-
sentant expressément également contraignable
par tous moyens au pouvoir de la cour des dits
seigneurs de Murat le Cayre et des Bains, reconnaissant à toutes ces cours et à chacune d'elles le
droit de le poursuivre, appréhender, contraindre,
harceler pour l'exécution de ses engagements
ci-dessous savoir : la dite cour et chancellerie
de Mont-Ferrand et chancellerie de item et de
Murat de Cayres et des Bains, soit des juges
et officiers des dites cours et de chacune d'elles
par la saisie vente et démembrement de ses
biens en une ou plusieurs fois, ensemble ou
séparément, en même temps et à des époques
différentes, sans que l'une de ces exécutions ou
poursuites puisse en interrompre une autre.

Et le dit reconnaissant a renoncé, pour tout ou
partie quelconque de l'engagement sus dit à
toute exception tirée de l'accomplissement des
formalités qui auraient pu échapper par suite de
l'ignorance du droit et du fait, à toute exception
du dol, dommage, crainte ou fraude de tout

contrat passé autrement que celui-ci, et en toute
action, à tout bénéfice de restitution, à toute
réclamation et toute condition indue sans cause
et sans raison ;

Et enfin et généralement à tout autre usage
de droit civil ou canon et coutume locale avec le
secours, bénéfice, privilège desquels il puisse
venir à l'encontre dudit contrat, ou dont puisse se
couvrir.

Et a promis le sus dit reconnaissant de tenir,
conserver, maintenir et remplir tout ce que
dessus en général et en particulier et de ne
jamais en quoi que ce soit faire et venir à
l'encontre soit par parole, acte, œuvre d'art ou
d'esprit [physiquement ou moralement] ou tout
autre mode quelconque, promettant et jurant aux
dits seigneurs fidélité au contrat ci-dessus fait
par lui en personne devant et sur les quatre
Saints Evangiles de Dieu.

De tout ce que dessus le dit noble Louis des
Escures, mandataire et au dit nom, et Pierre
Chanet, pour lui et au nom que dessus, ont tous
deux demandé et requis être dressé le dit acte et

qu'il en fut délivré à chaque partie une copie
d'une seule et même teneur, le tout par moi
notaire soussigné.

S'il est à savoir que dans le temps Pierre
Chanet ayant acquis la dite Bourboule, et la
limite étant restée douteuse entre le moulin
du Seittaden et le moulin à farine, il a été résolu
par une délibération du conseil des dits seigneurs que le cens du dit Chanet serait augmenté
de cinq sols, tant sur le tènement de Cayres que
sur le tènement de la Bourboule, et ainsi de sa
volonté le cens a été augmenté de deux sols
et demi, lesquels cinq sols sont compris dans
la dite reconnaissance.

Fait dans le dit château de Murat les jours,
mois, pontificat et régime que dessus [un mot
effacé] présent et ayant maître Pierre Dohet,
Jehan Baudonna, notaire de Latour, M. Louis
Cohadon, prêtre, Mᵉ Guillaume Boyer, notaire,
Philippe dᵒ, témoins spécialement appelés et
priés à ce contrat.

Et moi Hugues de Navarre, clerc, habitant
la ville de Marcillac, du diocèse de Rhodès, par

l'autorité apostolique et royale notaire public,
qui ai reçu le dit acte et l'ai fait rédiger en cette
forme publique. Je l'ai signé de la signature
dont je me sers dans mes actes publics et, pour
lui donner une plus grande autorité, le sceau
des dites puissances [autorités apostoliques et
royales] y a été immédiatement apposé à Murat
en foi de ce que dessus (1).

A partir de quelle époque ce bail emphy-
téotique, tel qu'on les faisait jadis, fut-il
converti en une propriété définitive ? M. Guillaume Grandpré ignorait cette date. Il savait
seulement, d'après ce qu'il avait entendu
raconter, tout enfant, à la veillée, autour de
la cheminée, dans la maison des Guillaume,
qu'une descendante des Chanet s'était mariée,
dans des temps reculés, à un Guillaume,
ancêtre du Jacques-Guillaume Lacote, qui

(1) Traduit littéralement à Clermont-Ferrand
le 5 décembre 1849, par l'archiviste Cohendy.

vendit les bains à Guillaume-Gabriel Choussy,
propriétaire à Antérioux, le 13 mai 1828.

Du quinzième siècle à la Révolution, les
divergences abondent dans les renseignements donnés par les historiens sur les
Seigneurs de la Bourboule, et dans la crainte
de nous tromper, nous aussi, nous avons dû
renoncer, provisoirement, à classer les rameaux touffus de leur arbre généalogique.

Nous nous bornerons à donner une certi-
tude : Murat-le-Quaire et les terres qui s'y
rattachaient restèrent, pendant plusieurs
siècles, l'apanage de la famille de la Tour
d'Auvergne. Les derniers possesseurs, à
l'époque de la Révolution, furent le comte et
la comtesse de Saint-Polgue. Le comte,
originaire d'une famille du Forez, fut guillo-
tiné en 1793. Sa femme, une demoiselle de
la Roche-Aymon, dut se cacher à l'endroit
où se trouve maintenant le tailloir du funiculaire. Elle mourut à Murat le 5 mai 1796.

Pour éviter toute erreur, nous nous réser-
vons de raconter ultérieurement l'histoire
chronologique de la Bourboule, par des cita-
tions empruntées à des documents précis.
Nous les recueillons, et nous les livrerons
plus tard à la publicité.

LES THERMES

LES THERMES

I

LES BAINS

Il est cinq heures du matin. Il fait grand
jour, mais le seigneur Phœbus n'a pas daigné
paraître. La brume couvre encore un peu La
Bourboule.

Sont-ce des Espagnols enveloppés dans
leurs capes, des Ecossais emmitouflés dans
leurs plaids, des paysannes recouvertes de
leurs grands manteaux, des Arabes cachés

dans le capuchon de leurs burnous, qui se
dirigent lentement vers les Thermes? Non,
cette mascarade cosmopolite, aux accoutre-
ments bizarres, c'est la première ronde des
lève-tôt, qui, au saut du lit, vont aux bains
ou aux douches.

Mais tous ne sont pas à pied. Beaucoup
montent en chaise et se font porter par
d'adroits auvergnats aux pas bien cadencés,
pour ne pas trop secouer leur prisonnier.
Très pittoresque à voir cette voiture en marche. C'est la locomotion passive de nos aïeux.

Tous s'engouffrent dans l'établissement
et disparaissent dans les nombreux cabinets
retenus à l'avance d'après les listes d'inscription. Trois galeries perpendiculaires à la
galerie principale leur sont réservées. Avant
de pénétrer avec eux, dans les cabines,
errons un peu dans ces vastes couloirs, sur le
large chemin de linoléum couvrant le pavé
de mosaïque.

Quand les Thermes seront terminés, les couloirs, voûtés en arceaux, formeront avec la quatrième galerie en construction, la bordure du parallélogramme de l'établissement, vaste rectangle, ayant, aux quatre angles, un pavillon surmonté d'une coupole. A l'aide de ce cadre on pourra tourner autour des Thermes.

Comme partout, la décoration générale est italienne, empruntée, moins le talent, aux admirables fresques de Raphaël au Vatican. Partout des bouquets de fleurs et des mascarons alternant avec des médaillons hexagones. Sur un fond noir, dans le goût pompéien, s'enlèvent des amours joufflus et potelés qui se baignent, dansent, pêchent, traînent des chars, montent sur des hippogriffes, remorquent des bateaux, dansent des rondes sur l'herbe, ou se reposent et jouent gaiement sous des ombrages touffus. Ces compositions du *Triomphe de Bacchus* et de *L'Amour*

2

vainqueur ne sont pas des chefs-d'œuvre assurément, mais elles sont gaies, lumineuses,
très variées et, comme ornement, bien dans
la note de l'ensemble. Çà et là sur les murs,
dans des tableaux, les récompenses de la
Compagnie aux Expositions universelles, les
tarifs et règlements, la nomenclature des
médecins, les avis aux baigneurs, les plans
d'achèvement du monument, et la liste des
objets perdus ou trouvés où se lisait dernniè-
rement cette communication anxieuse : « Il
a été perdu une montre de femme avec
derrière émaillé en bleu. »

Sur ces galeries s'ouvre d'abord, près
de la porte principale d'entrée, le cabinet
du régisseur général, l'aimable ingénieur
M. G. Michel. Il reçoit le matin et le soir pendant une heure les réclamations des abonnés,
et les requêtes des arrivants : peintres, journa-
listes, artistes dramatiques et hauts fonction-
naires. Ce sont des sollicitations incessantes

pour tous les services médicaux. Il sait
accueillir chacun avec une sincère bien-
veillance, même lorsqu'il s'agit de billets de
faveur. Avec lui, inutile d'insister sans des
titres sérieux. Beaucoup d'appelés et peu
d'élus. La gratuité ne peut être qu'un droit
réglé d'avance ou un échange de bons procédés.

En face du cabinet directorial, l'un des
chauffoirs, dont le générateur envoie une
douce chaleur dans la gigantesque armoire,
transformée en étuve sèche, où chauffent
les peignoirs et les serviettes avec leurs
bandes roses portant en clair la date de
l'année et le nom de la Compagnie. Depuis
vingt ans, Tournade et sa femme ont fourni
le linge chaud dont s'enveloppent les baigneurs pour se sécher et éviter de se refroidir.

A l'angle de la salle des Pas-Perdus, vis-
à-vis du cabinet de consultation, le bureau

de distribution des tickets et des cartes de buvette, avec un guichet spécial pour la caisse des abonnements. La besogne n'y chôme pas. Lorsque la saison bat son plein, les recettes s'élèvent à plus de six mille francs par jour et, par année, à près de deux cent mille francs.

Aux extrémités des galeries se tiennent bien en vue devant une petite table, avec, à côté, un casier haut à tickets, les chefs de service. Ils sont, comme tout le personnel, sous les ordres de l'inspecteur, l'actif et intelligent M. Tyrode, ancien régisseur des eaux de Saint-Yorre à Vichy. Il a sous ses ordres M. Houin, inspecteur de Choussy, décoré de la médaille militaire. Les chefs de service pointent sur un registre le traitement de chacun, suivant le tableau où figurent les noms des abonnés et les heures à eux spécialement réservées.

Côté des dames, Mme Bertheault, toujours
à son poste et très empressée de contenter
tout le monde. Côté des hommes, M. Bous-
quet, ancien brigadier de gendarmerie,
devenu un statisticien émérite et d'une obli-
geance à toute épreuve pour renseigner le
public.

Comme nous l'avons dit, trois galeries sur
quatre sont construites : celle des dames,
celle des hommes et celle pour les massages
et bains prolongés.

Pénétrons d'abord dans les alvéoles de la
galerie mixte à l'usage de ceux qui ne veulent
pas de la promiscuité de la grande piscine
de Choussy. La Compagnie a créé pour eux
des piscines spéciales d'un mètre de profondeur, avec, autour, un revêtement de céra-
mique d'un ton bleu qui donne à la peau
une blancheur marmoréenne. Ces faïences
permettent un nettoyage rapide et sûr des

microbes contagieux. La piscine a la forme
ovoïde d'une casserole dont le manche serait
l'entrée.

Le malade descend quelques degrés et peut
s'asseoir, pendant la longue durée de son
immersion, dans ce cul de basse-fosse sur
un banc en demi-lune. Les eczémateux ne
s'imbibent que de l'eau chaude à 34 ou 36
degrés venant directement du réservoir de
Choussy, creusé à une grande hauteur dans
le tuf du rocher de
La Bourboule.

Les salles
de massage
sont précé-
dées d'un
petit ves-
tiaire ; six
boxes, les
unes pour

ceux ou celles qui se déshabillent et les
autres pour ceux ou celles qui se rhabillent.

Le sol de la salle est en contrebas pour
l'écoulement facile des eaux ; il est entouré
d'un parquet plus élevé. Un gros tuyau de
vapeur à ailettes maintient toujours une
température élevée. La batterie est accompa-
gnée d'un mélangeur sphérique traversé d'un
thermomètre sur lequel se règle la température de la douche.

Le massage humide s'opère tantôt sur un
escabeau que le malade enfourche, tantôt sur
un matelas de caoutchouc, gonflé d'air, repo-
sant sur un lit de camp. Le patient s'y allonge
tandis que le masseur pétrit sa chair humide.
Le massage sec se fait sur une table de velours
rouge. Le malade la recouvre de son peignoir
et la trituration au gant de crin commence.

Très habiles, les opérateurs, pour pétrir les
chairs et donner la souplesse aux articula-
tions ! La Bourboule n'a rien à envier aux

masseurs d'Aix. Mme Paquet frictionne les
dames, et M. Alphonse Michellod, les hommes.

Après la saison, ils continuent, à Paris,
leurs bons soins à leurs clients qui ont
apprécié leur dextérité.

Dans les deux autres galeries, celle des
dames et celle des hommes, le mouvement
est incessant. Les filles et les garçons de
bains entrent, sortent, servant les 70 cabines
de la double rangée de chaque couloir qui
forment les côtés du parallélogramme. Nulle
part ne se trouve plus d'aisance pour la
circulation et le service.

Tous les cabinets se ressemblent. Ils ont
vingt mètres cubes, sol granité, soubasse-
ments revêtus de marbre, boiseries peintes
en brun réchampi de filets rouges. Mobilier
très sommaire, baignoire en tôle émaillée,
deux chaises rotinées, un petit chemin de
linoléum, un tabouret à claire-voie, une

glace encadrée de bambous et, sur une table
de toilette, une brosse, un démêloir, un crochet à boutons. Il y a bien des cabines de
luxe : mais combien peu ! Un modeste salon
avec un tapis vulgaire et une chaise longue
recouverte d'une housse... La Compagnie, qui
n'a rien ménagé par ailleurs, aurait pu faire
mieux. Ce ne serait certainement pas suffisant
pour recevoir le Khédive ou le Président de
la République.

Dès que le baigneur a pris avec son ticket
possession de sa cabine, le garçon de service
astique la baignoire, la lave, l'éponge, la
frotte avec une brosse en chiendent et du
savon noir, pour la débarrasser des impuretés
laissées par le prédécesseur.

Le bain coule de deux gros robinets, l'eau
froide vient de Fenestre et l'eau chaude pro-
vient du réservoir de Choussy. Décapités du
col de cygne légendaire, il faut les tourner

avec une clef spéciale. Précaution prudente
pour éviter le gaspillage ou les accidents.
Seuls, les robinets de douches se manœu-
vrent à la main.

L'onde salutaire a pleuré dans la baignoire.
Le bain fume. Une pelle en bois a mélangé
les deux liquides. Le thermomètre marque
une moyenne de 34° à 36°. Tout est prêt. Le
garçon va se retirer discrètement ayant reçu
les dernières instructions.

— Vous réchaufferez dans dix minutes...
dans vingt... vous m'apporterez mon linge et
vous me donnerez ma douche.

Enfin seul ! Vite le buveur se dévêt, et nu
comme un ver se plonge dans l'onde arseni-
cale. Sa tête émerge seule d'une eau lourde,
verte et onctueuse.

Maintenant que faire ? Lever les yeux en
l'air, contempler les rosaces, les bouquets de
fleurs du plafond et les ornements quadrillés

des murs, étudier la batterie des robinets de
cuivre fixés sur une plaque découpée à la
grecque, réfléchir sur les vertus curatives des
eaux de La Bourboule, écouter le bruit de la
Dordogne roulant sur son lit de cailloux,
suivre les cris des vendeurs de journaux et
se laisser aller dans sa solitude aux fantaisies
harmoniques d'une dyspepsie flatulente. Ce
sont là des distractions de courte durée.

A la fin le patient impatient s'agite. Il fait
la planche, le phoque, pique des têtes et
barbotte, se livre à l'hydrostatique en laissant
remonter ses bras à la surface, emprisonne
l'air entre ses mains bien jointes, les plonge
au fond et les ouvre brusquement pour voir
remonter à la surface de joyeux glouglous.

Mais la lecture réunit surtout la majorité :
les gens prévoyants se sont munis d'un
journal qu'ils déplient sur le pupitre. Seulement les mains humides qui le retournent, transforment vite le *Matin* ou le

Moniteur du Puy-de-Dôme en une épaisse bouillie.

Il est certain que, pour les gens sans-gêne, la défense de fumer est une cruelle privation : un bon cigare dans le bain charmerait leurs loisirs. « Chi lo sa ? ». Peut-être cela a-t-il lieu quelquefois avec la complicité tacite du service ; car, à vrai dire, on ne sait jamais bien exactement ce que peut faire une personne seule.

Les méchantes langues prétendent que les Anglais s'assurent toujours au préalable que la cabine est munie de tout ce qu'il faut comme ustensile. J'en vois bien l'utilité, mais c'est le système de vidange que je ne vois pas bien. Quelques sybarites se font apporter de la buvette leur eau dans un verre renversé sur une assiette, pour empêcher l'évaporation. Quant aux mères de famille, elles se munissent pour leurs enfants d'une boîte de canards métalliques afin que ces

bambins puissent se distraire à des courses
nautiques.

Enfin chacun tue le temps comme il peut
jusqu'au moment de la délivrance. Alors le
baigneur sonne pour sortir de son bain.
Rarement il resonne. Cependant cela est
arrivé. Un jour, un baigneur, trouvant que le
temps se prolongeait trop, tira la sonnette à
plusieurs reprises. Personne ne vint à son
appel. Il récidiva encore ; puis, dans un
mouvement nerveux, le fil de fer descellé lui
vint à la main. Plus moyen de correspondre
avec le timbre extérieur qui actionne les
numéros du tableau de Bréguet. Cruelle
alternative ! Ou s'armer de patience, rester
dans son bain et attendre le bon plaisir du
garçon — cela pouvait durer longtemps —
ou, sans le moindre appareil, sortir de l'eau,
traverser la cabine, entrebailler la porte et
appeler : c'était risqué.

Heureusement, au moment où, grelottant, il faisait ces réflexions amères sur son séjour trop prolongé dans l'eau refroidie, la porte s'ouvrit, l'homme du bain, endormi de fatigue sur la banquette du couloir, avait recouvré la mémoire. Vous devez juger de la tempête dans la baignoire !

Le coupable, gourmandé rudement, s'excusa et jura qu'il ne recommencerait plus.

— Rassurez-vous, le cas est rare : les règlements sont formels. La Compagnie a tout prévu. A l'appel de la sonnerie, l'employé doit accourir au plus vite pour s'informer. Un malade ne doit jamais sonner deux fois : il peut être urgent de lui porter secours immédiatement. Autrement que de graves accidents ! Voyez-vous un baigneur pris d'un malaise subit, d'une congestion cérébrale, d'évanouissement, glissant et se noyant au fond de sa baignoire ?

UNE GALERIE AUX THERMES

Le personnel est en général prévenant et
poli. Il ne faut pas cependant lui demander
trop, il est bon de se souvenir qu'il est de
condition modeste.

Les hommes portent le pantalon blanc, le
paletot noir, le tablier d'infirmier et la
casquette bleue avec le nom de la Compagnie.
Les filles de bain endossent le même costume
que les donneuses d'eau. Presque tous sont
auvergnats et nés dans le pays.

Département des gentlemen : Jouvion est
le doyen des Tritons de la baignoire. Il a
débuté à Mabru il y a quelque quarante ans,
à l'époque où les baignoires étaient enfouies
dans le sol et se remplissaient à raison de
douze litres à la minute. C'était l'âge héroï-
que de la station. On voyait à peine poindre
la ville naissante dans la Vieille Bourboule.

Les voyageurs arrivaient par le Mont-Dore.
La route de Saint-Sauve n'existait pas encore.
Elle ne date guère que de 1860. On la doit

au notaire Fauverteix, qui fit des démarches réitérées pour l'obtenir du département.

Avant cette époque, brisés de fatigue, les malades parvenaient péniblement à La Bourboule et se logeaient comme ils le pouvaient, chez les indigènes Lizet, Gandelon et Roux. Ils n'y trouvaient aucun confortable, et cela s'expliquait aisément de la part d'habitants privés de toute communication pendant l'hiver, obligés de vivre durement et de se suffire à eux-mêmes. Durant plusieurs mois, perdus au milieu des neiges, ils se nourrissaient, tant bien que mal, du lait de leurs chèvres et des produits de leurs horts (jardins). Les femmes filaient de la laine pour tisser le droguet, étoffe épaisse gris-bleu servant à fabriquer les vêtements. Les hommes, profitant du droit de forêt, allaient abattre le bois sur les collines.

Le sieur Pelissier était alors le principal hôtelier. La chambre coûtait vingt-cinq sous

par jour, mais sans le linge. Que ne ferait-on
pas pour guérir ? Les malades abdiquaient
toute fierté, renonçaient à toutes leurs exi-
gences et se conformaient aux usages primitifs du pays.

Chacun devait préparer ses repas dans la
cuisine commune et se contenter des volailles
de la basse-cour et des truites de la rivière.
Le plus souvent, leurs repas étaient ceux des
naturels du pays : œufs, lard salé et pommes
de terre. On y ajoutait la *tôme* auvergnate :
lait caillé fermenté coupé en morceaux dans
une écuelle et se transformant en bouillie
épaisse et bourrative. Le boulanger de Murat-
le-Quaire descendait un panier de pain blanc
deux fois par semaine. Le boucher de Laqueuille apportait de temps à autre un sac de
viande sur son dos, sans se soucier de la
chaleur ; aussi arrivait-elle souvent quelque
peu faisandée. Il la vidait sur la table de la
mère Grandpré, qui tenait une petite pension

bien modeste. Chacun choisissait un mor-
ceau. Le bœuf coûtait six sous la livre. On
avait un poulet pour vingt sous.

Les distractions étaient minces. Quelques
promenades à pied dans la montagne, vers
les hauteurs du Puy Gros. On traversait la
Dordogne sur des troncs d'arbres. Pas d'ânes
caparaçonnés, seulement des chevaux qu'on
enfourchait, le plus souvent, sans selle. Pas
de beaux landaus en location. Pas de casino.
Rien à faire le soir. Les gens du pays se
couchaient dès la nuit, pour éviter de brûler
de la chandelle. Les étrangers devaient se
soumettre à ce régime adopté par les poules.

Mais quittons la vieille Bourboule et reve-
nons au personnel des baigneurs. Lefaure
vient après Jouvion par rang d'ancienneté.
Comme son collègue, il a reçu de la Société
d'encouragement au bien une médaille pour
son long séjour dans la même maison.

A citer encore les autres dauphins de la
galerie : Chosson, Catignol, Levet, Brugière,
Morange, tous serviteurs fidèles qui baignent
depuis longtemps.

Département des dames : Mme Ferreyrolle,
Mmes Verdier et Paul dont les débuts datent
de l'ouverture du grand établissement des
Thermes. Mmes Bapt et Leclerc comptent
vingt ans de bons et loyaux services,
Mme Brugière, dix ans, Mme Catignol, trois, et
Mme Lacoste, quatre. Elle est sans doute
une parente éloignée de Guillaume Lacoste
qui, devinant l'avenir, répara le vieil établissement en 1821 et dont le souvenir s'est per-
pétué jusqu'à nos jours.

Ce Lacoste était, en effet, le gros bonnet de
l'endroit. Sa maison, la plus belle du pays,
était couverte en tuiles. Elle était située
devant le four banal, à l'extrémité nord de
La Bourboule. C'est aujourd'hui l'hôpital.

3

Il avait les Eaux et son héritage s'étendait
jusqu'à la rive gauche de la Dordogne. Son
petit établissement n'était alors fréquenté
que par les gens du pays, arrivant à pied ou
à cheval par les prairies. Il avait transformé
le bâtiment carré des Thermes primitifs, un
simple rez-de-chaussée, en une construction
à un étage de sept mètres de largeur sur
cinq mètres de hauteur, percée de fenêtres.

Huit cabines, séparées par de minces cloisons, garnissaient le rez-de-chaussée de
l'établissement. Des rideaux de serge, que
le vent soulevait quelquefois, protégeaient,
tant bien que mal, les malades des regards
indiscrets. Les baignoires en pierre avaient
cinquante centimètres de profondeur. Enfon-
cées dans le sol, elles étaient pourvues de
robinets de communication et de soupapes
de vidange. La source du *Coin* se déversait
dans celle de l'angle gauche de l'établissement. La source du *Bagnassou,* recueillie non

loin de là dans un réservoir carré, arrivait
à jet continu dans une autre baignoire. Ali-
mentés ainsi par l'eau courante, les récipients
se remplissaient et se vidaient : c'était l'ap-
plication du principe des vases communi-
quant ensemble. L'eau restait partout au
même niveau, mais on se donnait garde
de la changer chaque fois que se renouvelait
la série des malades. Il n'y en aurait pas eu
assez. Le trop plein pendant la durée des
bains, recueilli au dehors, servait ensuite à
abaisser la température de l'eau que l'on
trouvait toujours trop élevée.

La douche se donnait dans la baignoire
à l'aide d'une pompe à main. C'était le vieux
Giat, un brave indigène au collier de barbe
auvergnat, qui avait ce service. Mais, malgré
ses efforts, il n'obtenait qu'une faible pression.

Pas de femmes comme baigneuses atta-
chées à l'établissement ; les bonnes des petits

hôtels les remplaçaient. Avant leur service
de table et de chambre, elles accouraient aider
les dames qui avaient besoin de leurs bons
offices.

Le 7 février 1829, Jacques-Guillaume Lacoste céda ses sources à M. Guillaume-
Gabriel Choussy Dubreuil de Gignat, propriétaire à Nebouzat. Celui-ci achetait ce petit
établissement pour faire une situation à son
frère, le docteur Pierre Choussy. Plus tard,
leur neveu Louis, par ses soins, son travail,
son intelligence, fonda médicalement La
Bourboule qui ne saurait oublier toute la
reconnaissance qu'elle lui doit.

Nous voilà loin du bataillon féminin à qui
l'administration a confié le service des bains
— côté des dames. La femme est ordinaire-
ment bavarde. Ici, c'est la discrétion même.
Les baigneuses savent, comme les médecins,
garder le secret professionnel. Même à prix

d'or, il serait impossible d'obtenir la moindre indication. Et cependant que de manies bizarres ont dû se produire dans les mystères des cabines !

Ce n'est pas une fille de bain qui a révélé que certaine mondaine enrubannait son corps marmoréen de faveurs roses et le recouvrait ensuite de dessous d'une transparence vaporeuse.

Tous ces vieux serviteurs, plus connus par les habitués sous leurs petits noms, sont foncièrement honnêtes. Leur probité est légendaire : tout ce qui est laissé est fidèlement rendu. Il n'est pas de jour où des oublis ne se produisent. Ce sont surtout les montres qui, avec leurs chaînes, restent après le départ du client accrochées aux clous des cabines.

Les employés aux bains n'ont pas de bourse commune : chacun pour soi et les baigneurs

pour tous. La récolte moyenne est d'environ
cinq cents francs de pourboire : ce serait plus
s'ils n'avaient à compter avec les francs-
fileurs qui détalent sans rien donner. Ils se
plaignent de gagner trop peu. Et cependant
ils reviennent chaque année reprendre leur
poste au commencement de la saison.

Dans l'intervalle de la fermeture à la réou-
verture, chacun se tire d'affaire comme il
peut. Presque tous les hommes ont des profes-
sions. Ils sont charrons, menuisiers, maçons,
serruriers, cultivateurs. Les femmes gagnent
leur vie en faisant de la dentelle, de la cou-
ture, ou de plus gros ouvrages de vannerie.

Nous nous sommes bien attardés. Ne faisons
pas comme le Bourboulien : n'oublions pas
dans sa baignoire le client sérieux qui depuis
longtemps déjà, au contact de l'eau minérale,
assouplit et blanchit sa peau, tandis qu'écla-
tent les cris obsédants des camelots du dehors :

— Demandez le *Français*, le *Petit Journal* d'aujourd'hui! Achetez l'*Eclair* !

La limite prescrite par l'ordonnance est écoulée. La porte s'ouvre avec un passe-partout. Le servant de la cabine apparaît. Il apporte le linge dans un panier doublé de flanelle. Puis il fait glisser sur sa coulisse la porte roulante de l'antichambre vitrée, lève un peu la soupape pour faire de la place, prépare la douche et visse sur le tuyau de caoutchouc la grosse pomme d'arrosoir en cuivre finement percée.

Adieu pudeur ! Adieu vertu !
Il faut se montrer dévêtu !

Le patient se soulève à demi, se retourne, se met à genoux, courbe l'échine et reçoit sur le dos le jet brisé. Bientôt la cabine est inondée par les éclaboussures; mais au préalable le servant a mis les vêtements à l'abri de la buée dans un placard.

La douche émolliente, sous sa forme pulvérulente, parcourt toutes les surfaces cutanées que présente le baigneur. Elle va du cou à la « poitrine en arrière », comme dit certain docteur de nos amis, insiste sur les bras, descend et remonte la colonne vertébrale, suit le parcours des reins jusqu'au moment où ils changent de nom. Bref, elle promène partout son action guérissante.

Tout ruisselant, le baigneur se redresse enfin, sort de sa cage et reçoit le peignoir peluché. Vite, il en passe les manches, et le doucheur le tapotte doucement pour le sécher. Puis il s'assied, couvre sa poitrine d'un linge chaud, tend ses jambes et se fait confectionner les deux bottes légendaires avec des serviettes chaudes. Enfin le garçon se retire discrètement après avoir ouvert le vasistas.

En un tour de main le baigneur est habillé. Les sybarites se glissent alors dans la chaise à porteurs qui les attend à la porte, s'enveloppent de lainages et ferment les rideaux pour éviter le choc de l'air. Les porteurs à la ceinture de gymnastique saisissent les brancards de la caisse verte, et marchant avec prudence, se dirigent, tantôt vers la douche où le client passe alors d'autorité, tantôt à travers la salle des Pas-Perdus. Ils gagnent la sortie sans jamais faire un faux pas. Un porteur qui trébuche, c'est plus rare qu'une pyramide qui chancelle. Le train s'arrête à la porte de l'hôtel. L'étranger sort du véhicule, donne un pourboire pour acheter un remerciement, et se met dans le lit bien bassiné où il goûte un sommeil réparateur. Souhaitons que le malade réconforté rêve un air de revue : le rondeau des fées bienfaisantes du rocher de La Bourboule.

II

LA BUVETTE

L'Etablissement achevé aura la forme
d'un « H » dont la galerie principale formera
la barre.

La grande salle des Pas perdus est décorée,
sur ses murs, de bouquets de fleurs dans le
goût italien. Sous sa haute voûte se trouve,
au centre, la buvette. On s'y abreuve gratuite-
ment — en payant d'avance, bien entendu.

Une cloison octogonale de panneaux en
bois sépare les baigneurs des donneuses
d'eau. Au milieu, une grande vasque massive
en pierre noire de Volvic, que surplombe une

cage de verre sous laquelle l'eau sourd à gros
bouillons. Une sphère transparente couronne
l'édifice thermal.

Derrière les compartiments qui encadrent
la source bienfaisante, des placards à grillages
renferment, sur des rangées de tablettes, les
verres serrés en bataille. Il y en a de toutes
les formes et de toutes les couleurs : bols,
gobelets, barillets ; les uns taillés, gravés,
gradués, les autres bleus, jaunes, roses, avec
des fleurs, des vues et des inscriptions. On
arrivera à y mettre des réclames ; l'établissement les distribuera alors pour rien, comme des prospectus.

Autour de la grande chaudière où l'eau
soulève sa surface avec émotion, se tiennent,
au nombre de quatre, les Naïades de la source :
Annette, Anna, Suzanne et Henriette. Elles
portent la tenue de l'établissement : un bonnet auvergnat tuyauté au bord et brodé dans

le fond, une robe en toile de Vichy à rayures
roses, grises et blanches. Protégeant les bras,
des manchettes retenues par un élastique
rouge. Un tablier blanc portant un grand B
majuscule brodé sur la bavette. Pas de
sabots, pour éviter le bruit et dans la crainte
de glisser ; mais des chaussures, que traverse
vite l'eau toujours ruisselante sur la claire-
voie du sol.

A la tête des Galathées auvergnates, Annette
dirige en ce moment le service et la manœuvre de plus de six cents verres pour trois mille
malades. Elle paye, sur les 45.000 francs que
rapporte la buvette, une ferme de 2.000 francs
à la Compagnie ; les trois autres filles de
Danaüs ne sont que ses aides. Depuis vingt-
et-un ans qu'Annette exerce son métier
humide, elle a dû débiter des milliers d'hec-
tolitres du breuvage bienfaisant. C'est la
véritable fée ondine de l'établissement. Elle
a guéri bien des malades !

C'est une rude tâche d'être débitante à la
buvette ! La Bourboule s'éveille de bonne
heure pendant la saison ; dès cinq heures, la
distribution commence. Les donneuses d'eau
doivent rester debout presque toute la journée. Mais elles ne se plaignent jamais. Voyez-
les toujours empressées, souriantes, même
avec les grincheux, prendre, sur les planchet-
tes numérotées, le verre de chaque client,
l'approcher du griffon, peser sur le ressort,
faire couler l'eau, rincer le gobelet d'un coup
sec et rejeter le trop plein, sans en rien perdre,
dans les amphores vertes en poterie vernissée
qui servent de déversoirs collecteurs. La besogne doit être expédiée avec dextérité et rapidement par l'infirmière thermale, car il faut
mesurer d'un coup d'œil la dose et savoir
présenter d'un tour de main, sur une serviette
pliée, tournée du côté de l'anse, la coupe de
Jouvence qui doit redonner la santé. Comme
dans la Fable, elles remplissent sans relâche

des verres qui se vident sans cesse. Ne
regrettez pas ce que vous leur donnez en
partant ; elles le méritent bien. Du reste, ne
vous y trompez pas, elles savent classer le
client et deviner à première vue le pourboire
final. Comment voulez-vous qu'il en soit autrement ? Il s'agit du profit avec lequel elles de-
vront vivre tout l'hiver leur modeste existence
en leur village perché dans la montagne.

Lorsque l'orgie aquatique commence, bien
curieux sont les canards qui entourent la
buvette. Ceux-ci boivent d'un trait ; ceux-là
à petites gorgées. Les uns trouvent l'eau
exquise, les autres font la grimace. Quelques-
uns ajoutent du sirop ; presque tous préfère-
raient un bock, une tasse de lait, ou un verre
de fine. Mais à vrai dire, beaucoup trouvent
pénible de venir de si loin pour boire de l'eau
si mauvaise quand on peut en tirer d'excellente de son puits. Il en est cependant de bien

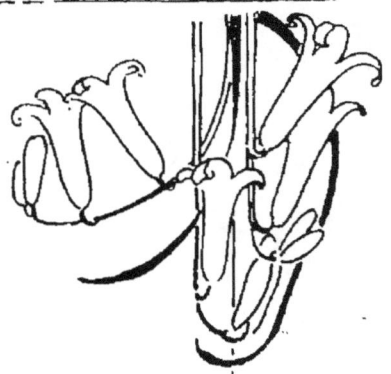

rares qui trouvent à l'eau de La Bourboule
le goût d'un excellent bouillon de veau. Ils
la boivent avec plaisir. Rien ne les rafraîchit
mieux, lorsqu'il fait chaud. Sa saveur acidulée,
puis légèrement salée, les enchante.

La clientèle est cosmopolite et se recrute
surtout dans le Limousin, la Bretagne, la
Provence et l'Algérie. Il vient beaucoup de
Parisiens et il accourt des étrangers de
l'Espagne, de l'Italie et de l'Egypte.

Fillettes chlorotiques, jeunes femmes con-
valescentes, enfants anémiés ou lymphati-
ques, vieux marcheurs toussottant, tous
viennent demander au bienfaisant liquide
de refaire leur constitution.

Résultat bizarre, communiqué sous le
sceau du secret par un médecin, — mais
mystère et discrétion — prise en bains, l'eau
augmente le volume des urines, elle le di-
minue prise en boisson.

4

Les verres bus sont remis sur la tablette d'o-
paline où ils gisent pêle-mêle. La conscience
nette, la plupart des consommateurs quittent
le hall. Quelques-uns y restent, vont, viennent, se promènent, observent, se pèsent au
fauteuil automatique. Les gras veulent savoir
s'ils diminuent, les maigres s'ils augmentent.
On n'est jamais content. Les gourmands,
petits et grands, vont acheter des pastilles de
La Bourboule à la boutique des bonbons
digestifs. Les savants interrogent le baromè-
tre anéroïde et consultent les bulletins mé-
téorologiques qui constatent la température
de la veille, mais n'ont jamais pu prédire
exactement celle du lendemain.

Il y en a qui vont mélancoliquement
mettre une pièce de 10 centimes dans l'ouverture d'un distributeur automatique et tirent
consciencieusement l'anneau pour recevoir
une vue photographique ou une tablette de
chocolat.

Le truquage sévit ici comme partout.
Certains buveurs d'eau le pratiquent sans
vergogne. Ils prennent au guichet un abon-
nement pour un et il sert pour deux. D'autres,
moins délicats encore, sont plus audacieux.
Ils se font autoriser par le médecin à emporter de l'eau chez eux. Avec une carte exclu-
sivement personnelle, ils présentent à la
buvette l'ordonnance du docteur, tendent
une grosse bouteille, la font remplir sous le
robinet et l'emportent dans leur hôtel. Là,
toute la famille attend la provision faite, boit
à la ronde, à l'œil et à plein gosier. C'est
pour tous ces roublards une félicité indicible
d'avoir roulé la compagnie et escamoté le
prix de plusieurs abonnements. A leur
retour, ces mastroquets, enrichis dans la
fraude, raconteront leurs prouesses de contre-
bandiers et recueilleront avec orgueil, dans
leur entourage, les félicitations les plus
vives. Ils seront fêtés comme des malins de

grande envergure; car, de nos jours, rien
n'est plus méprisable que la délicatesse.

D'autres enfin sont hantés par une économie sordide. Ainsi, une dame très riche
de la colonie étrangère arrive un jour dans
le bureau de M. Lamarle, le regretté directeur
des Thermes, et lui tient à peu près ce langage ingénieux :

— Je viens vous demander l'autorisation
d'apporter tous les jours à la buvette deux
bouteilles de la capacité d'un litre pour les
faire remplir. Je n'ai pu obtenir l'ordonnance
du médecin.

— Mais pourquoi ? C'est contre le règle-
ment. Pour vos besoins personnels, vous
avez de l'eau à tous les services.

— Je n'ai plus que quinze jours de traitement. Je m'en vais à Lima. Je voudrais
emporter avec moi une caisse de 30 bouteilles. Voyons ? L'eau ne vous coûte rien.

Devant cet aveu dépourvu d'artifice, le
directeur ne put que rire. Il était désarmé
et il donna l'autorisation sollicitée.

Pour beaucoup, la galerie principale joue
le rôle de salon. Ils s'y rencontrent comme
dans les tea-rooms, de dix heures à onze heures et de cinq heures à six heures. Ce sont les
heures de l'encombrement. A grand'peine on
peut alors aborder la buvette, comme le soir,
au casino Chardon, les tapis numérotés des
petits chevaux. Dans cette nouvelle potinière, la conversation roule surtout sur les
effets du traitement, les types de la table
d'hôte, la consultation du docteur et l'excur-
sion de la veille.

Les buveuses élégantes font alors assaut
de toilettes avec leurs chapeaux garnis de
roses, leurs robes de piqué blanc, leurs costu-
mes tailleur de Paquin, avec blouse de Doucet.
Les jours sombres, elles revêtent de longues

4

redingotes et s'emmitoufflent dans leurs boas.

Aux eaux comme partout, l'intelligence a des limites, mais plus qu'ailleurs la banalité n'en a pas. Entendu deux répliques entre deux « shake-hand » très smart :

— Chère Madame. Etes vous contente ? Moi, le traitement me fortifie.

— Tant mieux pour vous, les eaux vous guérissent. Moi le traitement me déprime !

— Ne vous plaignez pas, c'est un bon indice. Les eaux agissent.

Saisi au passage le propos amer d'un monsieur très chic, ruban rouge à la boutonnière, rencontrant un de ses amis qui vient de vider son verre :

— Mon cher, je vais suivre avec conscience les ordonnances de la Faculté Thermale. Je ne veux pas me mettre dans mon tort, je

tiens à y mettre mon médecin de Paris, si je
ne guéris pas.

Entre nous, ce sceptique revient tous les
ans à La Bourboule. Il serait désolé de ne pas
faire sa cure.

Que de jolis romans d'amour noués autour
de la vasque se sont dénoués plus tard à la
façon dont finissent les contes de fées !

Mais bientôt les rangs s'éclaircissent. Il est
l'heure de déambuler vers sa chambre pour
y faire encore un changement de toilette.
Déjà les cloches sonnent à toute volée. Le
maître d'hôtel, la serviette sous le bras, se
promène avec impatience dans la salle à
manger. Il ne faut pas le faire attendre.

III

LES PULVÉRISATIONS

Les extrémités des galeries des bains aboutissent à deux pavillons d'angle reliés par des constructions où sont installés les services spéciaux. Ils forment tout le côté gauche du rectangle des Thermes, en façade sur la place du Jet d'eau. Nous y pénétrerons par l'une des portes latérales de gauche donnant sur les Quinconces.

Après avoir traversé un vestibule vitré qui sert de bouclier contre les courants d'air, tournons à droite et nous nous trouverons en face d'une grande porte sur laquelle s'enlèvent,

en caractères noirs, les indications suivantes
pour les affections des voies respiratoires :

PULVÉRISATIONS — DOUCHES NASALES
HUMAGE — BAINS DE PIEDS

Avant d'entrer, jetons un coup d'œil à
droite, sur le chauffoir où les garçons munis
de paniers viennent chercher les serviettes
de toile et les peignoirs peluchés qu'attendent
les étrangers aux bains. C'est Mme Gay qui
les leur distribue, au milieu d'un encombrement d'immenses paniers en osier, où s'emmagasine le linge, retour de la blanchisserie.
A gauche, en contre-bas, son mari entretient
le générateur qui réchauffe de sa vapeur les
armoires des chauffoirs ; il surveille aussi la
marche du moteur servant à donner la pression dans la salle des inhalations.

Deux vieux serviteurs, Mme et M. Gay !
Dix-huit ans de bons et loyaux services !

Ils n'ont, disent-ils, que trois lettres dans
leur nom. Comme Auvergnats ils en sont
fiers. C'est plus économique.

Non loin d'eux, le *buen retiro* des douches
ascendantes, car rien n'est négligé dans
l'Etablissement. On peut se soigner *intus
et extra...* Glissons et n'approfondissons
pas !

Passons sans nous attarder dans le département des Pulvérisations. Tout d'abord le
vestiaire où s'accrochent les chapeaux et les
pardessus ; les étourdis y laissent généralement leur canne ou leur parasol. Mais ils les
retrouvent toujours, même quand ils ont été
échangés par un autre plus distrait.

Assise à une petite table, Mlle Marie Mallet
pointe les entrées sur un registre qui, comme
les autres livres de la Compagnie, renseigne
l'Administration sur les faits et gestes hydrau-
liques de chacun.

Maintenant vous pouvez vous livrer à
l'habilleur chargé des ajustements. Il vous
fait passer, à rebours, les manches d'un
vaste peignoir qui reste seulement ouvert
par derrière à l'encontre de la gandoura des
Arabes. Après avoir fixé les manches par
des épingles, l'aide entoure votre cou d'une
haute et large cravate à la Robert Macaire.
Enfin, comme préservatif, il vous attache
sur la poitrine une bavette de toile cirée bien
souple, émaillée de quelques fleurettes. Vous
êtes ainsi tout à fait imperméable.

Alors, affublé comme un fantôme blanc,
vous vous dirigez vers la porte du service
des pulvérisations variées. La salle vaste,
bien aérée, d'une température égale, est
surmontée d'une coupole décorée de larges
médaillons fleuris et enguirlandés.

La lumière pénètre à profusion par en
haut. Les murs, très hauts, badigeonnés de
jaune frais, sont rayés d'une large bordure

rouge. Contre la muraille, s'appuient une trentaine de tablettes en marbre blanc, séparées comme les toilettes par des cloisons de même nature. Au fond de la salle, une horloge œil de bœuf, consultée bien souvent, sert à faire connaître la durée du traitement.

C'est là que règne depuis bientôt trente ans François Mabru, grand pulvérisateur devant l'Eternel. Il dirige le service des hommes. Sa femme, de l'autre extrémité de la galerie, surveille celui des dames. Mabru est un type de belle humeur avec sa bonne figure ronde et souriante. Il se promène toujours avec la serviette sous le bras, comme Marguery du Gymnase. Il porte un nom très répandu dans le pays. La dynastie des Mabru et des Ferreyrolle est si abondante qu'ils ont dû souvent accoupler leurs noms. Il y a des Mabru-Ferreyrolle et des Ferreyrolle-Mabru.

François Mabru paie une redevance à la

Compagnie et se récupère par les pourboires. Mais pas toujours généreux, les clients, à la fin de la saison ! Quelques-uns oublient volontiers, avant de partir, la rémunération classique.

D'autres se figurent avoir affaire à des employés salariés. Les plus magnanimes donnent un louis, les plus pingres, quarante sous. Il est rarement arrivé qu'au départ un milliardaire ait tiré un billet bleu de son portefeuille.

C'est Mabru qui règle lui-même les appareils des douches nasales, pharyngiennes, oculaires, auriculaires, recouvre les plaques d'une serviette pliée et initie le client à la manière de s'en servir.

Avec sa large face de monsieur Purgon, il installe le malade devant le capuchon et lui apprend à faire la grenouille, comme disait le marquis de Mirabeau, un Auvergnat père du grand orateur.

5

Le dos tourné à la salle, les pieds sur une barre d'appui, assis sur un tabouret assorti à sa taille, le patient se place devant sa stalle de marbre. Il est alors prêt à subir l'irrigation de la douche pharyngienne.

Mais il n'a pas l'embarras du choix. Le médecin a ordonné la tuile, la palette ou le tamis. Tous les appareils pulvérisateurs se ressemblent pour la conduite de l'eau ; ce n'est que la distribution qui diffère. Ils émergent tous comme des goupillons droits au centre de la tablette. Munis à leur base d'une grosse boule, où se trouve un serpentin pour éviter les secousses, ils se continuent par nne tige creuse et se terminent tantôt par un tamis, tantôt par une palette, tantôt par un capuchon.

Le tamis, petit disque grillagé, laisse filtrer le bienfaisant liquide qui arrose de sa buée légère les amygdales et les granulations.

La palette est de deux sortes. Elle est plate, et contre l'écran de métal argenté le jet vient se briser et se réduit en poudre sur les ailes du nez et sur le front. Elle est recourbée en petite tuile et sert pour la gorge. Au Mont-Dore chacun apporte sa palette, la visse sur l'appareil et l'appuie sur la langue.

Pour le humage, le capuchon recourbé en forme de tuile reçoit le jet en arrosoir contre sa plaque, tandis que par un godet s'écoule l'eau condensée. Il est propice aux bronchiteux, catharreux et emphysémateux, dont il amollit les tissus indurés en faisant pénétrer dans l'arrière-gorge la buée guérissante.

Combien dure ce petit supplice ? Combien de temps, la bavette étendue sur le marbre, le nez dehors, la face dans le cornet, la bouche bien ouverte, les mains plaquées sur la serviette, le malade attend-il la délivrance ? Cela varie de quinze à vingt minutes.

Pour se distraire, il peut suivre l'heure sur
sa montre attachée à un clou, lire dans une
position incommode un journal replié contre
le mur, interrompre le fonctionnement du
jet ou le reprendre à l'aide d'une roue à
la portée de sa main. Il faut bien dire qu'il
finit par se lasser à la fin de la vue persistante du numéro de la stalle, tracé en noir
dans un encadrement bleu, ou de la contem-
plation mélancolique du mur, derrière lequel
il se passe quelque chose. Il lui est loisible,
s'il est poète, de composer des triolets, ou s'il
est financier, d'additionner des chiffres, mais
il lui est impossible de fredonner, même quand
il s'appelle Henri de Reské, qui fut jadis un
habitué de La Bourboule.

Quelquefois il a la bonne fortune, en
attendant que les muqueuses de sa trachée
s'imbibent d'eau minérale, de recevoir les
éclaboussures du pulvérisateur à désinfecter
qu'un boy, muni d'un appareil semblable à

LES PULVÉRISATIONS ET LES DOUCHES

celui qui sert à sulfater les vignes, promène sur la tablette voisine pour laver l'appareil et noyer les microbes.

Je ne crois pas que personne se plaigne quand l'opération est achevée.

Avec Mme Anna Tixier pour contrôleuse, Mme Marie Mabru dirige le service des dames, d'un zèle égal à celui de son mari.

Elle connaît toutes les petites misères de sa clientèle féminine, mais elle se garde bien de les révéler. Absolument rebelle à l'interview, ainsi que son aide, Anna Niva, blonde comme une fille du Nord.

Ce côté des dames est cependant très pittoresque, bien que ses habituées doivent renoncer à toute coquetterie. Le grand peignoir, le même pour tous, recouvre les plus jolies toilettes. Le bonnet de toile cirée doit cacher les frisons ; autrement, ils deviendraient des mèches de fouet. Pas de maquillage

aux lèvres : il fondrait en rigole rose.
Pas de poudre de riz sur la figure : elle se
convertirait en pâte épaisse. Pas de sourire,
mais une grimace hygiénique, la bouche
largement ouverte ! C'est navrant... Mais
combien ont dû jadis se conformer à la règle
implacable, comme Virginie Déjazet, Adelina
Patti et d'autres étoiles qui voulaient retrouver leur voix ou leur beauté resplendis-
sante, comme Mlle Demarsy, la triomphatrice
du concours de beauté du *Journal !*

Quelques dames complètent la séance par
une station à la douche de tête et vont
mettre sous un petit arrosoir leur abondante
et limoneuse chevelure. Elles la sèchent
ensuite à l'aide d'un ventilateur à ailettes en
étendant, comme une nappe, leurs cheveux
sur des cerceaux tandis qu'ils reçoivent de
l'air chauffé à l'alcool, passant dans un
cylindre creux. C'est le système bien connu
des artistes capillaires en renom.

La douche nasale se prend dans un petit cabinet spécial. Les isolés ont devant eux un appareil comme les autres, mais plutôt semblable à un narghilé avec son tuyau en caòutchouc qui s'enroule autour. Chacun y fixe un en-bout et l'introduit dans sa narine. En ouvrant doucement le robinet, le courant s'établit. L'eau grimpe dans la narine obstruée, arrive à l'aile du nez, et redescend d'une façon continue par l'autre narine.

La sensation est désagréable d'abord : un vif picotement, des éternuements successifs, puis un doux chatouillement et enfin le drainage des parties marécageuses du cerveau. C'est vite fait de s'habituer à la manœuvre de l'olive. Elle doit fermer hermétiquement l'orifice, mais le résultat est excellent et vous met l'hiver à l'abri du terrible coryza dont la persistance abrutit et provoque souvent une forte céphalalgie. Désormais, la muqueuse blindée, il vous sera possible d'affronter le

froid et de vous exposer impunément à tous
les courants d'air. Vous aurez retrouvé ainsi
toute l'aisance de vos fosses nasales.

Le traitement est achevé, il faut combattre
ce qu'il pourrait y avoir de pernicieux dans
ses effets ; il s'agit de se décongestionner.
Vite aux bains de pieds ; du côté des hommes,
M. Guertiau, du côté des dames, sa femme
Maria-Anna Chanonat. Tous les deux em-
pressés, dévoués, obligeants, même avec les
plus grincheux.

Deux couloirs adossés, perpendiculaires aux
salles de pulvérisation, le long desquels se
distribuent de petits compartiments séparés
par une cloison qui tente l'inspiration de
plus d'un ; — mais toutes les inscriptions sont
vite effacées, ainsi que les cœurs traversés
par une flèche et les déclarations passionnées :
— telle est la section des bains de pieds.

Chaque case est garnie d'une tablette grise,

d'une chaise tournante, d'un bout de linoléum, d'un baquet ovale, et d'un robinet de
distribution qui mugit comme une sirène
chaque fois qu'on y touche. Le supplice dure
peu : en dix minutes le malade a largement
le temps de se déchausser, d'enlever ses bas
ou ses chaussettes, de tremper ses pieds dans
l'eau brûlante à 40 degrés (en tournant le
dos au public), de les sortir rouges comme
des homards cuits et de les faire essuyer par le
fontainier qui sait les frotter doucement en
remontant jusqu'aux mollets. Les sybarites
attendent encore quelques instants une évaporation complète pour éviter d'emmagasiner
l'humidité dans leurs chaussures.

Ce serait l'heure du pédicure : il ferait fortune. Mais il manque, il est aux douches.

IV

LES DOUCHES

En face les unes des autres, se trouvent, des deux côtés de la buvette, les douches chaudes et écossaises, les douches froides et les bains de vapeur. Ces deux sections, qui datent de 1888, sont situées, les premières à l'Est, les secondes à l'Ouest dans le plan général des Thermes. Les indications d'usage sont inscrites sur les portes, pour guider les malades dans leur choix ; mais avant d'aller prendre leur douche, ils doivent se faire contrôler à la petite table noire où se tient assise l'aimable Mme Vial, la fille de l'intelli-

gent et actif surveillant général M. Tyrode.
Elle a près d'elle un casier droit comme un
écran, avec des compartiments pour les
différentes sortes de tickets réservés aux
privilégiés. C'est elle aussi qui distribue les
numéros d'ordre ; elle peut ainsi s'assurer,
à l'aide d'un tableau fixé au mur, de l'inscription de leurs noms tracés à la main sur
des fiches de carton blanc. Grâce à elle,
comme dans les autres services, l'Administration peut trouver sur le registre qu'elle
note scrupuleusement, les renseignements
dont elle a besoin pour ses relevés de statis-
tique.

DOUCHES CHAUDES

Allons tout d'abord aux douches chaudes.
On y pénètre par un tambour discret et
préservatif des courants d'air. Nous voici

dans un long couloir bordé de quatorze
cabines. Çà et là pendent, accrochés comme
les plastrons dans une salle d'armes, des
rangées de sandales — hygiéniques comme
toujours. — Ce sont les Loofats, faits d'une
matière légère, ligneuse, grippée, perméable,
mais séchant vite. Les raffinés chaussent ces
babouches africaines pour éviter le contact
du froid sur la plante des pieds.

Simples et un peu étroites, les cellules où
l'on se déshabille : une glace, des champi-
gnons, une chaise, du linoleum par terre,
une tablette avec un tiroir contenant tout
le fourniment : chausse-pieds, crochet à
boutons, puis démêloir et brosse à tête dont
il est prudent, malgré leur propreté, de ne
jamais se servir, et pour cause...

Dévêtu, le futur inondé est prêt. Maintenant, roulé dans un peignoir, il attend
l'appel de son numéro. Hélas ! au moment
où il va passer, arrive une chaise que les

habitués appellent la petite charrette : les
porteurs amènent un malade du bain ou de
l'inhalation.

Comme un poète les a décrits :

> Ils vont par paire en cadence,
> Ils vont automatiquement
> D'un pas égal avec prudence,
> Evitant tout faux mouvement.
>
> A. D.

Le malade sort de la boîte verte, et, immédiatement, il doit être servi. Il passe avant
tous les autres. Dans le couloir s'élève alors
la clameur des protestations, qui s'échappent
par les portes entrebaillées. Le sexe fort se
révolte ; le sexe faible accable de malédic-
tions l'intruse. Mais l'intercalation est de
règle ; il n'est pas possible en effet de laisser
frissonner le malade dans sa caisse. Il a le
droit de brûler la politesse à tous les nez roses
et à toutes les barbes grises qui attendent.

Les salles de douches chaudes ont été
refaites en 1888. Leur installation mérite
bien une courte description. Le sol, bien
bétonné sur un plan incliné, est recouvert
d'un plancher à claire-voie avec des lames
largement séparées. L'eau ne peut ainsi que
s'écouler rapidement. Un haut soubassement
de marbre blanc garnit les murs, des carreaux de faïence bleue, cimentés avec soin,
revêtent les parois, une lucarne crève la voûte
disposée en arceaux. Une large baie vitrée
donne une lumineuse projection malgré la
buée qui ternit les vitres. Un ventilateur
hydraulique est chargé de chasser la vapeur
épaisse qui ne se condense pas toujours assez
vite pendant et après la douche.

Le matériel ne laisse non plus rien à
désirer. Toute la lyre ! Un comptoir de cinq
à six marches permet de dominer le client et
de lui envoyer le jet de haut en bas. Derrière
la plate-forme, deux colonnes, l'une remplie

d'eau froide venant de Fenestre, et l'autre
d'eau chaude à 45 degrés arrivant directement de Choussy. A l'aide de robinets à
levier dont chacune d'elle est garnie, s'opère
la fusion. Un tuyau les conduit dans un
manchon placé sous la chaise. Abaissée à la
température voulue par l'ordonnance du
médecin, l'eau remonte du mélangeur dans
un gros tuyau de caoutchouc se déroulant
comme un serpent. A son extrémité se visse
une armature en cuivre tubulaire et pointue.
Le doucheur a de plus, devant lui, toute une
batterie de vannes semblables à des tuyaux
d'orgues, qu'il peut aisément ouvrir et fermer
à l'aide d'une clé anglaise. Tous ces instru-
ments de torture douce et bienfaisante cor-
respondent aux divers supplices hydrauli-
ques inventés pour « guérir les crimes de la
terre. »

Nous allons tous les passer en revue.

La Douche spinale

Elle se prend le dos tourné contre l'appareil comme si l'on voulait se mesurer contre une toise. Mais la tige est creuse, criblée de trous imperceptibles. Sous une forte pression, elle crache dur et cingle l'épine dorsale.

La Douche en cercle

Une série de tuyaux perforés et superposés, ayant dans l'ensemble l'aspect d'un tonneau, lancent des filets multiples se dirigeant de la périphérie vers le centre.

La Douche en pluie

Un vaste pomme d'arrosoir, à l'extrémité d'une longue tige, laisse tomber d'un mètre une cataracte sur la tête qu'il est bon de protéger par un bonnet, et glisse comme un souffle humide sur les épaules nues.

La Douche en cloche

Un appareil spécial évase l'eau dès sa sortie, enveloppe le corps en épargnant la tête. Très peu employée, paraît-il.

La Douche en colonne

Haute tige envoyant un jet vertical très bon pour la crampe de l'écrivain.

Néanmoins la douche à la main et en jet, simple ou écossaise, tient toujours la première place pour tonifier les débilités.

Le département des douches a comme préfet Albert Coquille. Depuis 1886, il apporte à la Bourboule le concours de son talent et de son expérience. C'est un pompier habile à manier la lance et à éteindre le feu des eczémas.

Bien doucher n'est pas ce qu'un vain peuple pense. Il n'est pas permis d'être distrait

ou maladroit, de laisser son client se dérober
et se refroidir. Au contraire, il faut s'absorber
dans son travail, se rendre compte de ses
effets, suivre les impressions du patient et
surtout lui éviter avec soin l'oppression et
la suffocation. Il est utile de savoir au besoin
se passer du thermomètre et reconnaître
vite au doigté la température exacte de l'eau
qui fuit. Ce n'est qu'après de longues années
que l'on arrive à avoir la main sûre et le
coup certain comme un tireur au pistolet.
Les ordonnances des médecins sont multiples : elles exigent tantôt un jet en éventail
sur la poitrine, un coup rapide sur le foie
et sur la rate, un envoi brisé sur l'épine
dorsale. Insister outre mesure sur certains
points peut avoir de graves conséquences.

Albert Coquille est un enfant des eaux.
Son père a été vingt-cinq ans aux bains de *la
Samaritaine* à Paris. Il a passé comme chef de
couloir et premier garçon aux *Grands bains*

du faubourg Saint-Denis. Grâce à sa sobriété,
il a résisté à toutes les fatigues. Toujours
rose, frais, alerte et gai, il vit au milieu de
la vapeur arséniquée comme la salamandre
au milieu du feu. Et ce n'est pas une intoxi-
cation de 21 jours qu'il subit! la sienne en dure
130 pendant lesquels il s'habitue au poison
comme Mithridate. C'est un véritable empoi-
sonnement combattu tous les jours en gobant
des œufs crus et en buvant du lait. Songez
donc ! chaque litre d'eau de la Bourboule contient 28 milligrames d'arseniate de soude, soit
21 gouttes d'équivalent de la liqueur de Fowler.

Sa femme, Louise Martin, a le même service que lui. Résolue, énergique, elle montre
le courage d'un homme. Malgré les fatigues
qui la surprennent en plein travail, jamais
elle ne s'arrête. Levée dès l'aube, elle se rend
à son poste, met une blouse de flanelle
recouverte d'un tablier blanc serré à la taille.

Ainsi vêtue, elle se rit des courants d'air qui souvent la frappent violemment. Toujours la figure souriante, elle sait, infirmière aimable, s'apitoyer sur les misères de ses clientes et les réconforter par des espérances qui très souvent se réalisent. Tout en menant prestement, mais sans brusquerie, la ronde fatale des douches, elle est fort aimée et fort appréciée de toutes les dames qui viennent lui demander ses soins.

Les deux chefs de douches ont comme essuyeurs, sous leurs ordres : Célestin et Berthe Poussière. L'hiver, ils rentrent à Paris où Célestin devient garçon d'orchestre au concert Lamoureux.

Comme personnages de moindre importance, deux aides du pays qui se bornent à faire la navette du linge. Ils n'ont droit les uns les autres à aucun pourboire. Les gratifications du départ sont réservées pour

les chefs. A ce sujet les Coquille sont muets
comme des carpes. Personne ne connaît leur
cahier de recettes. Au début ils ne don-
naient que 7.000 douches, ils en donnent
maintenant 17.000. D'après certaines investi-
gations, nous savons que beaucoup de clients
laissent à chaque fois 50 centimes ou un
franc. A son départ, un noble étranger remit
une fois 200 francs. Une autre fois, un joueur
heureux abandonna davantage sur la tablette
du couloir.

Depuis douze ans que les Coquille dou-
chent, ils ont vu de beaux modèles qu'envie-
raient nos meilleurs peintres, mais aussi ils
ont eu devant eux le spectacle de tristes
académies, comme celles qui défilent souvent devant les conseils de révision. Que
voulez-vous ? Tout le monde n'est pas bâti
comme l'Antinoüs et l'Apollon du Belvédère,
ou comme la Vénus de Praxitèle. L'humanité

abonde en gras, gros, maigres, minces,
bossus, bancals, pots à tabac, traineurs de
patte qui vont là comme chez le rebouteur.
Mais sur ce sujet scabreux, impossible d'obtenir des confidences. Impossible de savoir
comment se comportaient sous la douche, le
prince Orloff, lord Salisbury, le duc de
Cazes, le prince de Bourbon, Canovas de
Castillo, le député Jaurès ou les grandes
comédiennes disparues, comme Wanda de
Boncza. Le secret professionnel s'y oppose.
Du côté des dames, la douche se donne à
huis clos, même pour les docteurs. Mme Coquille, jouant le rôle du dragon des Hespérides, ne laisse jamais pénétrer chez elle
quand elle opère sur ses clientes sans
corset.

Et cependant le mari et la femme en ont
vu de drôles, que l'on peut raconter comme
observations vécues. C'est le côté gai du
métier, si on avait le temps d'y prendre garde

et de s'en amuser, dans ce labeur quotidien qui ne laisse pas une minute de répit.

Les plus distraits parmi les hommes viennent à la salle de douche avec leurs gilets de flanelle. Les femmes ne leur cèdent pas en étourderie. Quelques-unes oublient d'ôter leurs bottines. Les autres, timides, s'obstinent à ne présenter que la surface de leur dos ; quand elles se retournent, c'est la pose de la Vénus de Médicis qu'elles prennent. Les religieuses s'obstinent à vouloir garder un tablier pour voiler leur nudité. Affaire d'habitude, de se montrer dans le simple appareil : demandez aux modèles qui posent l'ensemble dans les ateliers ! Cependant toute crainte disparaît vite. Il faut deux ou trois séances aux plus pudiques pour s'aguerrir. Il n'en faut pas davantage pour cesser de marquer le pas, de piétiner comme un cheval qui piaffe, de tourner sur place comme une poupée dans la vitrine d'un coiffeur, ou bien aussi de se cramponner

6

nerveusement à la barre d'appui pour recevoir le choc de la masse liquide.

Un anglais recevant une douche écossaise crut à une mauvaise plaisanterie. Il voulut boxer le doucheur qui dut se protéger avec sa lance. Un parisien fut tellement surpris la première fois par la force du jet, qu'incapable de résister, il perdit la tête, et, nu comme un ver, s'enfuit dans la salle, enfila le couloir et se précipita vers la porte du grand hall. On l'arrêta à temps : il allait scandaliser les dames groupées autour de la buvette.

Autre aventure. Gare ! c'est un peu gros. Prière aux dames de sauter cet alinéa. Un doucheur, à ses débuts, serrait dans sa main un thermomètre collé contre sa lance, afin de pouvoir suivre la température du jet. Un beau jour, lors du commandement suivant la formule : « Tournez-vous ! » le thermomètre lui glissa entre les doigts. Il partit comme

une flèche et alla se planter dans le dos du
baigneur, à l'endroit où il change de nom.
Le plaisant qui m'a raconté l'anecdote n'a
pas dit s'il y resta. *Si non e vero...*

Mais ce qui est absolument vrai, c'est que
l'auvergnat ne mâche pas généralement ses
mots, chacun sait cela. Le beau langage n'est
pas son fait, surtout s'il est de Saint-Flour. Or,
il y eut jadis à la Bourboule un doucheur
natif de cette localité, d'où nous venaient
autrefois les porteurs d'eau, et d'où nous
viennent encore aujourd'hui les savetiers et
les marchands de marrons. Il administrait
aux autres de l'eau à profusion, à lui,
largement du vin. Bien que la proportion ne
fût pas égale, elle dépassait cependant quelquefois les limites ordinaires. Quand il était
émêché, il devenait grossier comme du pain
d'orge. Ses observations aux clients n'étaient
alors que trop violentes :

— Ne bougez donc pas ! Sacrebleu. On dirait que je vous flanque mon pied quelque part.

Inutile d'ajouter que le praticien manquant trop de civilité puérile et honnête, son stage dura peu.

Les enfants sont généralement rebelles au traitement. Si les grands poussent des onomatopées : « Oh ! là là ! Oh ! là là ! » en se cramponnant à la barre d'appui, les petits jettent souvent des cris stridents, surtout à la première immersion. Il en est qui ont grimpé le long des tiges des arrosoirs. D'au-tres se sont réfugiés dans le cercle ; mais la promesse d'une boîte de bonbons rafraîchissants et digestifs de la Bourboule les calme. Ils arrivent ensuite à la douche comme les canards vont à l'eau.

Mais le couloir a retenti de l'appel d'un numéro. Roulé dans son peignoir, le client dévêtu sort de sa cabine et pénètre dans la salle de douche. Coquille monte à sa tribune, le jet va parler. Le patient se tient debout, immobile comme un soldat à l'exercice. En attendant son sort, il se protège de la main comme on voilait jadis, par une feuille de vigne, le modèle des statues dans les musées de l'Etat.

Le praticien ouvre alors le robinet. La victime endurcie ne cherche pas à se soustraire au jet implacable qui la frappe, s'écrase sur les chairs et rejaillit de tous les côtés en mille gouttelettes. Une épaisse buée envahit la salle. La voûte ruisselle, tandis qu'au milieu du crépitement de l'eau se détachent d'une voix sonore les commandements brefs : « A droite ! A gauche ! Devant ! Derrière ! »

6

Maintenant, le doucheur a exécuté d'une façon très brillante toutes ses variations. Par la pomme de l'arrosoir, il a laissé tomber une trombe d'eau sur les épaules du patient ; il lui a envoyé un jet brûlant sur les pieds pour le réchauffer. Il l'enveloppe alors du peignoir traditionnel et le livre à l'essuyeur, qui le sèche en le tapotant doucement. *E finita la tragedia.* Nous n'avons plus qu'à baisser le rideau.

Les deux Coquille peuvent, le soir en se couchant, rompus de fatigue, dire, à l'inverse de Titus, qu'ils ont fait du bien, et qu'ils n'ont pas perdu leur journée.

LES DOUCHES FROIDES

En face des douches chaudes, le compartiment des douches froides. A la porte, la

Compagnie a fait mettre l'inscription sui-
vante :

DOUCHES	GRANDES
DE	DOUCHES
VAPEUR	FROIDES

Les séances des dames vont, le matin,
de 6 à 9 heures et, le soir, de 3 à 4 h. 1/2.
Les heures restant disponibles sont réservées
aux hommes, à part le repos de quatre heures, la trève de 11 à 3 heures pour la sieste
presque forcée par les fatigues d'un service
matinal.

La salle des douches de vapeur précède
celle des douches froides. Dans un angle,
pour prendre des bains, le *sudatorium*, une
boîte en bois qui ressemble à la baignoire en
sabot où fut assassiné Marat. La tête émerge
seulement de cette petite étuve sèche qui
ne vaut pas, à vrai dire, le bain-marie. Le
malade, qui n'a pas la ressource d'une leçon

d'escrime, d'une partie de tennis ou d'une
longue marche dans la montagne, dilate
par ce moyen les pores de sa peau. La douche
froide qui suit est ainsi plus efficace. Un
lit de camp à claire-voie est en face pour
le massage à l'instar des bains romains.
Depuis quelques années, ce système paraît
abandonné. C'est une note à peu près perdue
dans la gamme hydraulique.

Dans la même salle on peut, avec l'appareil
Berthe, recevoir un jet de vapeur léger.
La préparation est ainsi excellente pour
subir ensuite la douche froide. Le chauffoir
de la galerie des bains y conduit la vapeur.

A côté de ce vaporium des rhumatisants,
s'ouvre la douche froide à 8 degrés, préco-
nisée par le docteur Beni-Barde : une salle
de trois marches en contrebas avec les spécia-
lités ordinaires : la douche circulaire et la
douche en gerbe qui tombent comme un
orage sur un parapluie et ruissellent sur les

épaules du patient. Rien de meilleur pour
relever les vieux marcheurs et préserver
de l'influenza. A ce traitement peut s'adapter
la réclame du corset : « Soutient les faibles
et ramène les égarés. »

Pour les ladies, Mme Lefebvre, de la
Bourboule, opère ; pour les gentlemen, Cha-
tagnier, de Murat. Il a vingt-trois ans de
services, c'est un ancien garçon de bains de
Choussy ; l'hiver, il casse les pierres sur les
grandes routes.

La spirituelle marquise de Sévigné, dans
une lettre à sa fille la comtesse de Grignan,
décrit ainsi la douche, telle qu'on la recevait
de son temps :

C'est une assez bonne répétition du Purga-
toire ; on est toute nue dans un petit lieu souter-
rain, où l'on trouve un tuyau de cette eau
chaude qu'une femme vous fait aller où vous

voulez. Cet état, où l'on conserve à peine une
feuille de figuier pour tout vêtement, est une
chose assez humiliante. Derrière un rideau se
met quelqu'un qui vous soutient le courage
pendant une demi-heure ; c'était pour moi un
médecin de Gannat que Mme de Noailles a mené
à toutes ses eaux, qu'elle aime fort, qui est un
honnête garçon, point charlatan, ni préoccupé de
rien, qu'elle m'a envoyé par pure et bonne
amitié. Je le retiens, m'en dût-il coûter mon
bonnet ! Ceux d'ici me sont insupportables, et cet
homme m'amuse.

C'est toujours la même mise en scène,
mais le souffleur a été supprimé.

Ailleurs, elle dit encore :

On va à six heures à la fontaine, tout le
monde s'y trouve, on boit et l'on fait une
vilaine mine, car imaginez-vous qu'elles sont
bouillantes et d'un goût de salpêtre fort désagréable. On tourne, on va, on vient, on se promène, on entend la messe, on rend ses eaux,

on parle confidemment de la manière dont on
les rend, il n'est question que de cela jusqu'à
midi... Il est venu des demoiselles du pays
avec une flûte qui ont dansé la bourrée dans
la perfection. C'est ici où les bohémiennes
poussent leurs agréments. Elles font des dégo-
gnades où les curés trouvent un peu à redire.
Mais enfin, à cinq heures, on va se promener
dans des pays délicieux ; à sept heures, on soupe
légèrement ; on se couche à dix heures ; vous
en savez présentement autant que moi.

DOUCHES ASCENDANTES

On peut se soigner aux Thermes intus et
extra. Toute la lyre, comme disait Victor
Hugo. Les eaux de la Bourboule pourraient
prendre comme devise celle du surintendant
Nicolas Fouquet : *Quo non ascendam.*

Près de la chaufferie, un buen retiro sert
de cabinet pour les lavages locaux qui
guérissent l'entérite, l'appendicite et toutes

les maladies à la mode. Il s'y trouve tout
ce qu'il faut pour lutter avec avantage contre
la constipation opiniâtre que provoquent
l'hystérie et la neurasthénie. L'inventaire du
mobilier est sommaire : deux sièges jumeaux.
Suivant les caprices, on peut varier ses
plaisirs sur les lieux mêmes et passer alter-
nativement de l'un à l'autre.

Le premier siège renferme dans sa caisse
un serpentin avec un mélangeur pour gra-
duer la température et éviter les reproches
de M. Purgon à son apothicaire. De la boîte
émerge la tige de l'irrigateur au bout de
laquelle se visse le petit appareil : ici l'outil
est personnel.

Après être resté ainsi cinq minutes empalé,
sous une pression de 10 à 14 mètres, chacun
a le loisir de changer de posture et d'user
du second siège. Il est ce que vous avez
deviné. L'Administration prévoyante l'a muni
de tout ce qu'exige le résultat du traitement.

V

LES GARGARISMES

Le gargarisme a deux salons distincts, *für Herren* et *für Frauen*, dans le grand hall entre le département des douches chaudes. A l'heure de la buvette, la bande des canards, après avoir fait remplir son verre, s'engouffre dans les salles des gargarismes, à l'usage des magistrats, avocats, professeurs et chanteurs qui ont besoin de remettre leurs cordes vocales en bon état. Le grand chic est d'avoir un verre étamé par l'eau minérale. Malheur à celui qui le transporte maladroitement. Au moindre choc il en verse le trop-plein sur la

7

robe de sa voisine. Pourquoi cette épreuve d'équilibre? Il serait plus simple d'éviter ce transport et de pouvoir remplir son verre à des robinets spéciaux placés dans la salle.

Ces abris ont des revêtements identiques à ceux que l'on rencontre partout dans l'Etablissement. Dans le bas, des plaques de marbre blanc au-dessus de carreaux bleus. Par terre, une claire-voie pour tenir les pieds secs. Aux parois du mur, à proximité de la main, un plateau pour poser le verre et de larges coquilles, servant de crachoirs, que lave sans cesse un courant d'eau qui coule d'un robinet toujours ouvert.

Chacun se traite à sa façon. La gamme des glouglous est fort variée. Les uns en majeur poussent des sons grêles ; les autres en mineur ont des intonations plus graves. Il y a les rapides et les interminables, les avares et les prodigues ; les uns avalent une grande lampée pour avoir plus tôt fini, les autres se

gargarisent à petites gorgées pour faire
durer plus longtemps le contact avec les
muqueuses. Les dégoûtés prennent des
bonbons après chaque opération. Les fantai-
sistes rendent leurs eaux par le nez comme
les Tritons du bassin de Neptune, les altérés
ne la crachent pas, ils l'avalent ; quelques-
uns s'abritent derrière une cloison discrète
pour traitement spécial que l'on veut faire
sans témoins ; tous plus ou moins souples
suivant leur âge, les reins cambrés se renversent en arrière. C'est la loi inévitable.
Impossible de procéder autrement.

Les dames peuvent aller se remettre de
leur émotion dans le salon voisin, et de leurs
doigts agiles y achever la broderie commencée au début de la saison. Il en est qui,
munies de leurs tambours et de leurs fuseaux,
se perfectionnent dans l'art de la dentelle
d'Auvergne, que l'on enseigne à forfait dans
les baraquements installés en plein air, à

l'entrée du grand parc de Fenestre. Les mains fluettes se croisent, se poursuivent, se rencontrent. Les fuseaux s'entrechoquent avec un joli bruit de castagnettes. Le dessin s'allonge à mesure que le traitement s'avance, et l'on quitte la Bourboule avec une laryngite en moins et un talent en plus.

VI

LES INHALATIONS

Les deux sections d'inhalation s'ouvrent dans les galeries des bains en face des pulvérisations.

Il faut traverser trois compartiments pour arriver à la salle des buées, constamment maintenues à 20°, 22° et 26° au thermomètre. Cette gradation a pour but d'éviter les trop fortes transitions de température pendant que le malade s'habille. Le cabinet vestiaire ressemble à tous les autres, sauf les crachoirs hygiéniques que recommande la Faculté pour éviter la contagion microbienne.

Côté des hommes, le brave Ferreyrolles; de l'autre, la dévouée Mme Leclère, très attentionnée avec ses clientes.

Par une porte en fer on accède à la salle du traitement : une bouffée de chaleur brûlante vous enveloppe. Il est malaisé de distinguer les objets et les personnes à travers l'épais brouillard. Au milieu l'appareil qui sert à vaporiser, par un procédé très simple. Pompée avec violence par le moteur du séchoir voisin, l'eau arrive sous une forte pression dans un manchon et se brise contre les parois de ce tube formé de rondelles ajustées les unes sur les autres. Puis elle s'échappe par de nombreux orifices, — chaque bouche métallique ayant la forme d'un abat-jour renversé, — elle remplit la salle de molécules ténues qui n'ont perdu aucune de leurs qualités minérales. C'est mieux que les procédés primitifs des bains russes, où

au-dessus d'un fourneau porté au rouge
étaient placés des cailloux sur lesquels on ver-
sait de l'eau froide pour produire la vapeur.

Surplombant l'appareil, une vasque en
zinc reçoit l'eau condensée afin d'éviter qu'elle
retombe en pluie froide de la voûte. Assis et
penchés autour de la balustrade entourant la
cuve, les malades en gilet de flanelle, pan-
talons à pieds et chaussons de paille, imbibent leur système respiratoire : les uns
nerveux, haletants, et les autres s'épongeant
le front, mélancoliques, suant, racontant
avec résignation leurs misères. Tous vivent
près d'une heure dans la buée bienfaisante
pour les laryngites chroniques ou les angines
granuleuses, tandis que leurs pieds trempent
dans un bassin d'eau de 28° à 30°, qu'ils
alimentent et règlent à leur guise, à l'aide
de robinets qu'ils ont sous la main. Ce bain
de pied très utile neutralise la congestion
dans une atmosphère de 32° tenue à une

température constante et réglée par un ventilateur chargé de renouveler l'air.

Mais les salles d'inhalation, telles qu'elles
sont installées, sont depuis longtemps recon-
nues insuffisantes. Elles vont bientôt dispa-
raître et rejoindre les vieilles lunes, comme
on peut s'en convaincre en consultant les
plans de l'architecte Baudoin, exposés dans
le grand hall. On peut se rendre mieux
compte encore en visitant les travaux qui
s'exécutent dans l'aile Est de l'établissement. Déjà les fondations sortent de terre.
Des ouvriers dressent les planchers métalliques en ciment armé. C'est là, au rez-de-
chaussée, qu'en 1904 la Compagnie trans-
portera les douches et les pulvérisations. Les
générateurs seront installés dans le sous-sol,
ainsi que les moteurs. La Bourboule aura
l'avantage incontestable d'offrir à chaque
sexe non de l'eau chauffée dont la vapeur

n'ayant que peu ou rien retenu de ses prin-
cipes minéraux n'est guère que de l'eau
simple, mais de l'eau poudroyée conservant
tous ses aliments curatifs.

Ce côté deviendra alors la façade principale des thermes avec deux vastes entrées
qui lui donneront une grande tournure
monumentale ; un vestibule de seize mètres
de long sur dix mètres de large, formera une
belle salle de Pas perdus. Deux tambours,
à glace dépolie et pivotant comme les anciens
tours, conduiront aux quatre salles d'inhalation sans laisser pénétrer le moindre courant
d'air. Dans ces galeries de vapeur, de sept
mètres sur onze, le malade pourra se promener à l'aise, tourner comme dans un manège,
se soigner avec conviction, se décongestionner immédiatement dans les bains de pieds
encadrant la salle. Dans la pièce voisine, il
aura la faculté de prendre au préalable le bain
ou la douche qui prépare les pores de la peau.

7

S'il le désire, il lui sera facile de se faire
agréablement masser pour achever la séance.
Les Thermes de la Bourboule·n'auront plus
rien à envier aux établissements les plus
perfectionnés. Ils joindront l'hygiène à l'art.
Encore une année et cette transformation
sera opérée. Après cela, s'il y a encore des
malades, c'est qu'ils le voudront bien, comme
le dit une chanson populaire.

ÉTABLISSEMENT CHOUSSY

ÉTABLISSEMENT CHOUSSY

ETABLISSEMENT CHOUSSY

Nous sommes sur la promenade ombragée de tilleuls que borde d'un côté la rangée des hôtels et de l'autre la Dordogne, à l'endroit où l'on peut la traverser à pied, lorsque les orages ou la fonte des neiges ne l'ont pas transformée en torrent impétueux. La ville a nommé ce quai Guéneau de Mussy, en souvenir reconnaissant au docteur de mérite qui rendit jadis de précieux services à la contrée.

Sur le quai débouche la rue Louis Choussy tournant en quart de cercle. Elle mène en passant devant la rotonde du *Grand hôtel de l'Etablissement,* le premier installé très confortablement par les soins d'une Choussy, devenue Mme Vimal de Lanaudie.

L'histoire des Choussy est celle de la Bourboule pendant cinquante ans. Le premier de la famille venu dans le pays fut Choussy Dubreuil, qui acheta le petit établissement séculaire de Guillaume Lacoste pour y installer son frère Pierre, médecin à Issoire. On commençait à parler de la Bourboule et à citer des guérisons miraculeuses.

Prévoyant l'avenir de cette station, Mme veuve H^te Choussy s'y installa vers 1852 et, à la mort de son beau-frère, Pierre Choussy acheta les bains pour le prix de 20.000 fr. Intelligente, active, très dévouée à sa famille, elle améliora beaucoup la station. Grâce à elle et au préfet, M. de Crèvecœur, une route relia le hameau à celle de la Grange

des Plantes, et un réservoir de 40 mètres
cubes permit de changer l'eau des bains.
De nombreuses acquisitions augmentèrent
l'héritage des Lacoste.

A sa mort, en 1863, ses quatre enfants
s'associèrent : Léonce, Alfred, Louis et
Mlle Nélie (plus tard Mme Vimal de Lanaudie). Léonce fut chargé de la direction
de l'établissement, creusa d'autres puits,
construisit de nouvelles galeries et défendit
l'apanage des sources contre les empiète-
ments des concurrents, qui cherchaient à
s'en emparer peu à peu. Son administration
fut remarquable.

Pendant ce temps, son jeune frère Louis
achevait ses études de médecine à Paris,
n'épargnant pas ses peines pour arriver à
faire connaître et apprécier, par les analyses
savantes des grands chimistes, les eaux de
la Bourboule. Il en donnait aux médecins
célèbres de l'époque et en faisait le service

gratuit à l'Hôtel-Dieu, dans la clinique du
docteur Gueneau de Mussy et dans celle de
Bazin, le grand spécialiste autorisé des maladies de la peau à Saint-Louis. Il les vulgarisa
ainsi et assura leur réputation méritée. Reçu
docteur, Louis Choussy s'empressa d'accourir
prendre son rang parmi les médecins de la
localité.

Léonce mourut en 1874. Le docteur Louis
Choussy le remplaça. Ceux qui l'ont connu
parlent tous de lui pour le regretter. Il avait
la figure sympathique, des yeux clairs et un
front développé. Sa physionomie respirait
l'intelligence, la fermeté et la bonté. Sa vie
fut une lutte continuelle pour défendre le
fief créé si péniblement par les siens. Il fut
cependant vaincu par la force du capital et
dut céder son établissement en 1878. Six
mois après, il succomba. Deux discours furent
prononcés sur sa tombe par le docteur Morin
de Saint-Saturien et par son ami, le docteur

Gagnon. Le souvenir de Louis Choussy
restera attaché à la Bourboule comme celui
de Michel Bertrand au Mont-Dore et d'Allard
à Royat.

Ainsi que nous l'avons dit plus haut, son
nom a été donné à l'une des rues de la
Bourboule. Ce témoignage de reconnaissance
était bien dû à Louis Choussy. Il aura un
jour sa statue dans son pays.

Nous voici sur la petite place, au centre
de l'ancien village de la Bourboule. Devant,
presque adossés aux parois des massifs des
rochers de la Bourboule, s'élèvent les deux
établissements balnéaires de Mabru et de
Choussy que nous décrivons plus loin.

A cet endroit, le massif rocheux se dresse per-
pendiculaire et inquiétant. En 1865, une partie
s'ébranla, tomba et fit de graves dégâts. C'est
une menace perpétuelle, suspendue comme
l'épée de Damoclès. Un simple tressaillement

de la roche ferait pleuvoir une grêle de pierres sur la tête des habitants. Mais qui songe à ce danger continuel d'un quartier se détachant, roulant, sautant, bondissant et crevant les toitures de Mabru et de Choussy ?

En face de ces thermes s'alignent les façades basses de constructions disparates bâties en pierre jaune et dure de la Tour et recouvertes des pierres plates arrachées aux flancs de la roche Tuilière. Des passages privés et interdits — que tout le monde traverse, du reste, — coupent ce pâté de maisons. Jetés sur des ruelles étroites, des ponts permettent aux familles bourbouliennes de se réunir sans descendre dans la rue.

C'est le quartier des petites bourses. Tout le monde n'est pas riche et ne peut se payer le luxe quotidien d'une installation de 10 à 20 francs par jour. Chez eux, les Mallet, les Mauvry et les Fournier prennent, à bon mar

ché, des pensionnaires, braves gens venus
de tous les pays, et qui ont dû souvent se
saigner aux quatre membres pour payer le
voyage, le traitement et l'auberge. Du reste,
ils ne demandent pas dans leurs menus le
potage aux perles du Nizam, la truite sau-
monée et la selle d'agneau. Ces modestes
buveurs d'eau se contentent au besoin, de
la soupe aux choux et des lourdes farinades
de la contrée. Ils ne sont pas les clients
du Casino Chardon et s'ils entendent les
flonflons de son orchestre, c'est de loin que
leur en arrivent les échos affaiblis. Ils
n'enrichissent pas les petits chevaux. Les
plaisirs du bal et les émotions du théâtre
ne les tourmentent pas. Leurs grandes distractions consistent en des promenades dans
les bois, sur le chemin de la gare ou sur
la route de Saint-Sauves. Pour se reposer,
au retour, ils ont les bancs en bois qui garnissent les portes de leur petit hôtel. Leur

conversation ne roule pas sur les mondanités qui les entourent. Ils ne devisent guère entre eux que de leur profession. Souvent solitaires, ils lèvent les yeux au ciel, regardent les nuages qui passent et vont comme des messagers, porter au pays leurs pensées de retour auprès de leurs parents et leurs amis, car ils attendent toujours avec impatience le moment heureux où, bouclant leur valise et prenant la fuite, ils pourront se soustraire à la tyrannie du traitement.

Le nouvel établissement Choussy, élevé de 1872 à 1874 sous la direction des architectes Clarisse et Duvert, de Paris, par Vianne de Gannat, a coûté environ 800.000 francs. A cette époque, pour arriver aux bains, on s'arrêtait à Laqueuille, station de la ligne de Montluçon à Limoges. Par un chemin pittoresque on traversait d'abord le bourg de Saint-Sauves. A partir de cet endroit, la

route cotoyait la vallée de la Dordogne, souvent taillée dans le granit ; elle traversait
ensuite des gorges, véritables fourrés de
hêtres jusqu'au sommet. Après des contours
imprévus, la voie coudée, étranglée, couverte par les rameaux des arbres formant
un tunnel de verdure, débouchait brusquement dans un merveilleux panorama. La
voiture descendait la pente douce accédant à
un véritable cirque peuplé d'édifices aux toitures rouges. Au milieu, coulait le mince
filet de la Dordogne, entre deux berges dénu-
dées : c'était la Bourboule ! La diligence
s'arrêtait sur la grande place où les voyageurs étaient immédiatement assaillis par les
bonnes des hôtels et des maisons meublées.

Une lithographie de 1872 représente la
Bourboule basse à cette époque. Dans le
fond, la muraille de granit sur laquelle plane

Murat-le-Quaire. A l'une des extrémité du dessin, à gauche, se voit l'*Hôtel de l'Etablissement* auquel ne s'adossait encore aucune construction. A l'autre extrémité, à droite, l'ancienne demeure des Lacoste transformée en hôpital. Entre ces deux limites, pas d'alignement dans les maisons groupées au hasard, sans orientation, suivant la fantaisie des habitants. Devant, au premier plan, un terrain vague va jusqu'à la Dordogne, avec quelques planches mal jointes posées sur des tréteaux et servant de passage d'une rive à l'autre. Les crues subites, provoquées par des orages, devaient enlever quelquefois ces échafaudages. L'hiver, il fallait prudemment supprimer ces ponts de bois.

C'était le temps où les buveurs d'eau logeaient chez l'habitant, comme on le fit longtemps chez les marins, dans les stations balnéaires du bord de l'Océan.

L'établissement Choussy ne rappelle par
son style que très vaguement le roman classique d'Auvergne, si pur dans la basilique
de Notre-Dame-du-Port de Clermont et si
bien approprié au climat et aux matériaux de
la contrée. L'aspect général est lourd. On
dirait d'une forteresse ou d'une prison dont
la masse s'élève en gris sombre sur le rocher
de la Bourboule comme toile de fond. Les
façades de Choussy sont en retour d'équerre :
à gauche, le corps du bâtiment avec l'entrée
du public pour les services hydrothérapiques ;
en face, un pavillon dont la porte est le
plus souvent close. Au-dessous du fronton se
lit en gros caractéres et en grandes lettres
d'or :

ÉTABLISSEMENT CHOUSSY

Devant, règne un large trottoir sur lequel
des lauriers roses dans des bacs jettent une

8

note gaie. Nous avons longuement décrit
l'intérieur des grands Thermes, nous nous
bornerons à dire que, dans le grand hall de
Choussy, la lumière pénètre par trois larges
baies vitrées et découpées en plein cintre.
Nous ajouterons que le sol bituminé, bien
sec, résonne sous les pas, et que la char-
pente, en bois apparent, rappelle les assem-
blages des châlets Suisses.

Au centre de la salle des Pas perdus, dans
un encadrement à pans coupés, se dresse
un petit édicule à clocheton où coule l'eau
guérissante dans une vasque en pierre de
Volvic. Les donneuses d'eau y laissent sé-
journer des verres qui revêtent peu à peu
une cuirasse minérale d'un ton ferrugineux.
A l'heure où la foule empressée et affligée
d'une soif chronométrique vient lever le
coude, les verres de forme variées, depuis le
tonnelet jusqu'à la coupe, s'alignent sur la
tablette octogonale qui entoure les dryades

de la buvette. Avec quelle promptitude elles
savent reconnaître le gobelet de chacun, le
cueillir avec dextérité, y verser le liquide
précieux et le présenter au client dans un
mouvement automatique et gracieux ! Comme
au grand Etablissement, c'est une potinière.
Pour s'y distraire, faute de mieux, on y bêche
ses voisins de table d'hôte en dégustant
le reconstituant énergique.

Autour du hall, les cabinets de grandes
douches et les compartiments des gargarismes, très confortablement installés avec
de larges récipients carrés portant le mot
crachoir afin que nul n'en ignore. On y voit
aussi le chauffoir où, dans de grandes armoires, le linge plié ressemble à des in-folio
blancs, posés à plat dans une bibliothèque.

Pour se distraire, le public a le comptoir où
se débitent les bonbons indispensables dans
les digestions difficiles et les affections de

la gorge. Les boîtes de pastilles dont la vente dépasse 5000 francs, d'un « goût exquis, et d'une saveur agréable » dit la réclame de la Compagnie, sont très appréciées des enfants et même des dames toujours un peu gourmandes comme de véritables filles d'Eve. On peut aussi à coup sûr se peser à une bascule automatique : *Gnôti seauton*, disaient les grecs. Qui se pèse souvent se connaît bien, affirme la Faculté. Les gras veulent maigrir et les maigres engraisser : on n'est jamais content ici-bas. Sur le côté de la balance une toise indique les graduations de hauteur correspondant au poids proportionné. Comme partout, il s'agit de mettre dix centimes dans le guichet, l'aiguille tourne sur un cadran et s'arrête à votre poids kilométrique.

Dans un des angles du hall, une vaste piscine bien close, sert à noyer dans des lavages préconisés par Bazin et Gubler, les herpès et le psoriasis. Elle peut recevoir vingt ou trente personnes. Le bassin voûté de carreaux bleus a 1ᵐ60 de profondeur et 8 à 10 mètres de long. Trois fenêtres au fond et deux lanternes en haut servent pour l'aération et l'éclairage. Les malades peuvent se reposer sur une terrasse entourée d'un banc de ciment. Un escalier sert à descendre dans le bassin.

Comme partout où l'on doit se dévêtir, la piscine est précédée d'un vestiaire. Le soir on la remplit d'eau à 56° ; la température s'abaisse la nuit, le matin elle n'a plus que 36°. Les hommes passent d'abord ; jusqu'à huit heures ils peuvent barboter à leur aise, même nager sous la surveillance d'un gardien. Les femmes leur succèdent. L'eau est encore tiède et bonne pour des immersions prolongées sans qu'il soit nécessaire de la maintenir à la même température par une conduite de tuyaux de vapeur. Cependant cette réclamation a été faite par certains

8

médecins. Les dames et les demoiselles peuvent à leur guise s'immobiliser dans l'eau
pour retrouver la beauté et la souplesse de
leur peau, ou tremper leur croupe à la façon
des massepains dans le vin.

Un escalier monumental mène de la salle
centrale au premier étage réservé aux bureaux
d'administration d'un côté et à différents
services de l'autre. Toute la thérapeutique
nécessaire s'y trouve pour guérir les maladies
de la nasopharyngolarynx, le nouveau néolo-
gisme dont se servent les docteurs pour réunir,
en un mot un peu long, les muqueuses du
nez, de la gorge et de l'arrière gorge. Les
salles de pulvérisation, de humage, de douches de fosses nasales, et de douches de
tête sont dirigées par Mme Landouze. Les
appareils de pulvérisations dont le tamis
divise l'eau en d'innombrables goutelettes
sont placés devant les fenêtres qui donnent

sur la place. C'est plus gai que de voir se dresser devant soi un mur blafard. Les pieds reposent sur une clairvoie. Le humage souverain pour les angines granuleuses se prend autour d'une grande table ovale. La pression nécessaire est donnée par une grande roue.

Une longue galerie renferme cinquante-huit baignoires émaillées en bleu, avec de grands robinets protégés par des fermetures contre toute tentative indiscrète pour gaspiller l'eau. Les sybarites peuvent y recevoir pendant le bain leur verre d'eau renversé sur une assiette, sage précaution afin d'éviter l'évaporation des parcelles infinitésimales qui s'y trouvent en dissolution.

Dans l'étroit couloir qui sépare Choussy du rocher se voit encore une vasque en pierre ornée de quelques feuilles d'acanthe grossièrement taillées. Le robinet a été bouché. C'est l'ancienne buvette où les premiers étrangers vinrent boire les eaux presque froides des sources des *Fièvres* et de la *Rotonde*, qu'une canalisation souterraine, traversant le terrain Choussy et suivant la direction du terrain communal, amenait jusqu'à l'Etablissement.

MABRU

MABRU

En 1863, le descendant d'une vieille famille
d'Auvergne, le comte de Sedaiges, vint à la
Bourboule, où il vit la prospérité du petit
établissement primitif de Guillaume Lacoste
très amélioré par la famille Choussy. Grâce
aux influences dont il disposait, ce gentil-
homme obtint de la commune de Murat-le-
Quaire une concession lui donnant la jouis-
sance d'une source d'eau minérale le *Grand
Bagnassou* et le droit « de rechercher, capter,
« conduire et exploiter jusqu'en 1915 toutes
« les eaux thermales et minérales pouvant

« exister sur les terrains des sections com-
« munales du Quaire et de la Bourboule. »
Son contrat signé, il attendit les événe-
ments.

Mabru était alors un petit conducteur
de voiture faisant le service de la diligence
entre Clermont et Maurice. Sa femme, suivant comme les autres l'impulsion locale,
avait monté une petite pension dans la vieille
maison paternelle des Mabru, une pauvre
demeure, couverte en chaume et au sol en
terre battue. Plus tard, le ménage Mabru
acheta la première habitation des Choussy
pour y installer l'*Hôtel des Bains.*

Perrière, petit maçon du pays, sans ins-
truction, mais très intelligent, décida son
ami Mabru à exécuter, avec son concours,
des sondages dans son terrain pour chercher,
lui aussi, de l'eau minérale. Commencée en
septembre 1866, la tentative réussit. A 30
mètres de profondeur, on trouva des sources

thermales qui donnèrent 100 litres à la
minute.

En quête avec raison d'une bonne affaire
et toujours dans l'expectative, le comte de
Sedaiges réunit alors ses intérêts à ceux des
Mabru et Perrière. Une association se forma :
le premier apportait les fonds, le second son
terrain et le troisième son travail. On creusa
sur le communal et l'on rencontra une source
dont on voit encore les plaques de clôture
devant l'hôtel de l'Univers.

Maintenant, la maison de bains des Mabru
était abondamment pourvue. Le moment
était venu de la convertir en un petit établissement avec une galerie voûtée. C'est de là
que partirent, en 1867, les premiers coups de
sonde qui furent le signal de la guerre des
Puits, cette Iliade de la Bourboule. La
guerre de Troie fut plus longue et dura
trente ans. La guerre des Thermes s'acheva

en douze ans, mais elle lui ressemble sur
certains points. Les Grecs voulaient recon-
quérir la Belle-Hélène, chacun des deux
camps Bourbouliens conquérir pour lui seul
la Fée des eaux. Homère fut l'historien de
la première. Aucun poète, jusqu'ici, n'a
raconté la seconde. A la fin, le cheval
légendaire fut l'arrivée en scène d'un groupe
de gens d'affaires qui mit toutes les rivalités
d'accord.

Il était temps. Le sol était percé comme
une écumoire. Les griffons se confondaient.
D'après la puissance d'une pompe ou la
profondeur d'un trou creusé plus bas, les
sources passaient d'un domaine à un autre.
Les filets traversant des couches perméables,
les puits n'étaient, au fond, que des avaloirs.
Bascule continuelle ! trop d'eau pour les uns,
plus du tout pour les autres. Limpidité à
droite, boue terreuse à gauche. Les gisements étaient tantôt froids, tantôt chauds.

Le danger allait croissant, un coup de
sonde malheureux pouvait crever les parois
de la cuvette granitique, faire descendre
le filon de la plage californienne vers des
profondeurs inconnues et engloutir pour
toujours l'une des richesses les plus grandes
de l'Auvergne.

Or, il advint que, vers 1875, le premier
noyau de la compagnie des Eaux, un groupe
de capitalistes, acheta 400.000 fr. le petit
établissement Mabru et les droits des conces-
sionnaires qui disposaient de 2 à 300 litres
d'eau à la minute. Quelques années plus
tard, comme nous l'avons déjà dit, passèrent
entre les mains de la Compagnie définitive
l'établissement Choussy avec presque tous
les terrains acquis peu à peu qui en dépen-
daient. — La Bourboule était sauvée.

Cependant les recettes de Mabru n'ont
guère augmenté depuis vingt ans. Elles

gravitent toujours autour d'une quarantaine
de mille francs. Mabru fait la moitié de la re-
cette des Thermes, et Choussy les deux tiers.
A vrai dire, ce petit établissement thermal
n'est réservé qu'aux petites bourses et il
sent un peu l'hôpital. Il a été construit avec
l'économie auvergnate. Aucun luxe, nul confortable, le strict nécessaire. Depuis 1867, c'est
toujours la vieille case si modeste des Mabru
sous la forme d'un rez-de-chaussée en contre-
bas du sol avec un petit étage très bas. Il fait
si sombre dans le couloir des bains, voûté
comme la crypte des cathédrales gothiques,
qu'il faut en plein été y allumer l'électricité
à 4 heures. Dix-neuf cabines avec des baignoires en lave ayant un aspect tout à fait
primitif. Pas de tapis de linoleum dans les
pédiluves : les bains de pieds sont en pierre.

Sur une cour intérieure se trouve la galerie
des assistés du département du Puy-de-
Dôme, des départements limitrophes et des

départements étrangers. Les indigents des deux premiers paient une redevance de 75 francs par tête. Les autres départements donnent une subvention au malade pour payer de ses deniers 50 centimes le bain ou 80 centimes le bain et la douche réunis.

Derrière Mabru, on peut retrouver une ancienne buvette. Incrustée dans le mur, une gaine historiée, creuse, supportant une vasque en fonte à pans coupés. L'eau coulait de la bouche d'un mascaron avec un robinet de commande pour épargner l'eau. C'est le principe de la borne-fontaine où l'on s'abreuve dans nos cités.

LES ANNEXES

LES ANNEXES

I

LES RÉSERVOIRS

Partout les vieilles légendes amusent. A Paris, c'est l'Invalide à la tête de bois ou l'escalier de l'obélisque. Dans plusieurs stations balnéaires, c'est le réservoir dissimulé que l'on peut remplir à certaines heures pour simuler la source intermittente. A la Bourboule, c'est l'histoire de l'eau naturelle puisée mystérieusement la nuit au ruisseau de

Vendex ou dans la rivière de la Dordogne,
chauffée discrètement ensuite dans de grandes
cuves, afin d'alimenter les baignoires qui en
manqueraient autrement dès le milieu de la
saison.

Véritable mystification ! C'est du Lemice
Terrieux de table d'hôte. Les réserves sont
telles que l'eau minérale ne fait jamais défaut.
Suivant les besoins, la pompe Choussy-Per-
rière aspire l'eau en quantité suffisante. Elle
ne fait jamais défaut, et vient régulièrement
et sans intermittence. On peut dire qu'il y
en a trop. Les trois Thermes et les deux
grands réservoirs que possède la Compagnie
sont toujours abondamment pourvus.

De ces deux réservoirs, le plus ancien, dit
Monnier, est cylindrique ; il date de vingt-cinq
ans. Il est situé derrière l'hôpital près de la
machinerie. Il a l'aspect d'une tour féodale
fortement maçonnée. Ce vaste tambour

surmonté d'un dôme, contient une cuve en ciment armé pouvant emprisonner 2.000 mètres cubes d'eau conservant indéfiniment sa température de 56 degrés.

On accède au second réservoir par un chemin de chèvre. Il a été creusé à la pioche dans le tuff du rocher avec de grandes précautions pour éviter sa désagrégation, car il y avait lieu de craindre des crevasses laissant filtrer l'eau. Ce réservoir a la forme de huit parallélipipèdes perpendiculaires entre eux, de 3m 50 de longueur, largeur et hauteur suivant la nature du terrain rencontré. Les murs sont faits de gros blocs de béton pressé dans un gabari. Les parois de ces briques solides ont été revêtues d'une épaisse couche de ciment qui donne une étanchéité parfaite. La contenance générale est de 2.000 mètres cubes, pouvant fournir aisément plus de 500 mètres cubes d'eau par jour. On peut voir d'un peu partout la vaste baie rectan-

gulaire qui est comme une fenêtre ouverte
sur l'intérieur de ce réservoir. Une échelle
graduée indique au mécanicien, d'en bas, le
niveau de l'eau. Le trop plein, du reste, s'en
va à la Dordogne, qui le digère aussi facile-
ment que les estomacs les plus délicats.

Ces deux grands foudres ont un double
but : donner la pression nécessaire pour certains services balnéaires et assurer un appro-
visionnement qui mette tous les services à
l'abri des conséquences d'un accident. Ce sont
des réserves précieuses qui servent rarement.

La Compagnie prend son eau froide aux
réservoirs de l'ancien Casino des Thermes où
s'emmagasine l'eau puisée aux sources de
Fenestre et élevée à l'aide d'une turbine.

II

LA MACHINERIE

———

Une grande construction en brique abrite la machinerie avec, dans la cour, le hangar d'expédition à droite et au fond les magasins d'embouteillage.

C'est de là que sort des entrailles de la terre l'eau qui doit s'échanger avec les pièces de cent sous des étrangers.

Deux grandes pompes sont chargées de cette mission de confiance. Jadis, elles marchaient à la vapeur à l'aide de deux machines Compound de 45 chevaux alimentées par deux générateurs. Mais il a fallu récemment tout modifier à cause de la trépidation. Tout le voisinage se plaignait de l'ébranlement continuel provoqué par les machines.

Un petit hôtel contigu ne pouvait conserver sa clientèle. On y descendait une fois, mais on n'y retournait plus. Pour éviter la perspective d'un procès sérieux, la Compagnie a dû d'abord acheter l'hôtel, puis faire cesser les plaintes des autres voisins en transformant en partie sa machinerie : elle marche aujourd'hui à l'électricité. Mais on ne sait jamais ce qui peut arriver avec l'électricité et ses caprices de jolie femme : il a fallu conserver par prudence un générateur.

La force vient du barrage de la Dordogne établi sur la route de Saint-Sauves et qui forme à cet endroit un petit lac ombragé, pittoresque et propice au canotage. Cette chute d'eau fait mouvoir des turbines qui

transforment sa puissance peu transportable
sous sa forme originelle, en un courant électrique triphasé de 3.200 volts, qu'une ligne
aérienne amène à la machinerie où elle
actionne la dynamo. Une transmission de
commande agit sur un grand volant qui
met en mouvement une bielle, laquelle
actionne un balancier élevant ou abaissant
les pompes très puissantes, aspirantes et
refoulantes de la maison Letestu. Les corps
de pompe sont de lourds cylindres dont il
faut changer tous les ans les pistons rongés
par l'eau. Ce n'est pas une mince affaire, et
l'on doit employer à cet effet des treuils
gigantesques.

Le puits Choussy, contigu et communi-
quant au besoin au puits Perrière, a 3 mètres
carrés de largeur jusqu'à 50 mètres. Après,
vient un forage de 80 centimètres de dia-
mètre. La nappe d'eau est à 3^m 50 du sol. La
profondeur totale est de 86 mètres et le retour

du piston se fait à 25 mètres d'élévation.
Suivant les besoins, le mécanicien Bégassa
peut atteler sur l'un ou sur l'autre des deux
puits, pour envoyer à l'aide de vannes, soit
aux réservoirs, soit aux trois Thermes :
Choussy, Mabru ou Perrière. Il est facile de
se rendre compte des ramifications de
tuyaux qui partent du grand récipient
pour donner ces distributions : il suffit de
descendre l'escalier qui conduit dans le
sous-sol. Les curieux peuvent, à l'aide d'un
robinet, prendre au récipient central un verre
de l'eau telle qu'elle arrive de dessous terre.
Mais il leur est difficile de poser la main sur
les tuyaux. Ils sont brûlants malgré l'épais-
seur de leurs parois.

III

L'EMBOUTEILLAGE

———

L'embouteillage forme un des départements importants des divers services de la Compagnie. Il se fait près des machines. Les paniers innombrables de bouteilles, à leur arrivée de la verrerie ouvrière d'Albi, s'emmagasinent dans une ancienne réserve. Elles sont ensuite transportées de ce dépôt dans les ateliers où elles doivent subir leur transformation en amphores précieuses.

D'abord les ouvriers les rincent successivement dans deux bacs : le premier rempli d'eau froide et le second d'eau minérale pure.

Ils les renversent ensuite sur un égouttoir
à jet chargé de chasser les dernières impuretés, puis ils les passent au disque tournant afin
d'arriver à une sécheresse absolue. C'est
l'expulsion définitive des derniers microbes.

Pour remplir les fioles, les employés les
présentent au jet de puisement alimenté par
l'eau venant directement du puits à l'aide
d'une turbine Wortingthon actionnée par
une pompe.

Les soins du bouchonnier ne sont pas
moindres. Il fait au préalable tremper ses
lièges dans un bac de bisulfite de soude et il
les rince ensuite consciencieusement à l'eau
minérale. Vient ensuite le bouchage à la
machine et pour empêcher la fraude, avant
de présenter la fiole à l'appareil, la capsule est
trempée dans du silicate de potasse. L'adhé-
rence est telle qu'il faut déchirer la capsule
pour l'enlever. L'opération s'achève ensuite

par le collage des étiquettes et la mise en
caisse avec paille.

La Bourboule expédie par caisse de 20 à 50
plus de 200.000 bouteilles par an, qui peuvent se boire à table mélangées de vin ou
de bière, à la dose d'un verre ou deux à
chaque repas. Elle revient alors à soixante-
dix centimes la bouteille ; mais, pendant leur
traitement, les étrangers ont le droit de faire
remplir, moyennant trente-cinq centimes,
autant de bouteilles qu'ils le désirent pour
leur consommation personnelle, et ils en
usent souvent largement.

Adossé à l'embouteillage, la Compagnie,
qui tient à exécuter tout par elle-même,
sous son contrôle absolu, a installé un atelier
où suivant ses besoins elle peut faire forger,
plomber, ajuster, roder, souder, peindre.
Des serruriers, des menuisiers, des forgerons
et des ferblantiers y travaillent à l'année.

Près des grands Thermes se trouvent les
bâtiments réservés à l'entreprise de la buan-
derie avec tonneaux laveurs et sécheuses à
vapeur. Nos grands mères auraient été émer-
veillées de l'amoncellement de linge qu'ils
renferment.

PREMIÈRE JOURNÉE

PREMIÈRE JOURNÉE

HOTELS ET MÉDECINS

La Bourboule ! crie le conducteur du train. Enfin, nous y sommes ! Fini comme un mauvais rêve, l'interminable trajet. Disparu pour toujours, le pisteur qui, depuis Laqueuille, s'attachait à nous comme une pieuvre.

Où descendre ? Les hôtels ne manquent pas. Presque tous se gratifient, même les petits, de l'épithète pompeuse de *Grand Hôtel*. Ils sont bien soixante, sans compter les quatre-vingt cinq villas ou chalets et les cinquante maisons meublées. Quelques-uns, sacrifiant tout au confort moderne, ont aujourd'hui l'électricité, l'ascenseur, le téléphone, l'eau à tous les étages et autres perfectionnements bien faits pour étonner les Auvergnats d'antan. Plusieurs garnissent les quais élevés sur les terrains vagues qui bordaient la Dordogne ; d'autres s'éparpillent dans la verdure sur les pentes de la Prairie au Merle, devenue le Parc Fenestre.

Prenons le premier hôtel venu, puisqu'ils se valent tous et que nous n'en voulons citer aucun. En route ! dans le landau qui nous conduira à notre demeure balnéaire, pendant que le fourgon emportera les bagages.

Maintenant quelques tours de roue le long de la voie appienne de la Bourboule, bordée d'hôtels qui font, avec les grosses lettres dorées de leur fronton, des avances aux voyageurs, et la voiture nous dépose à destination. Sur le seuil, un hôtelier aimable

attend les nouveaux débarqués. Il n'a pas,
comme tant d'autres, l'horreur des voyageurs.
Inspection rapide des chambres disponibles.
Les Anglais l'auraient commencé par les
W.-C., c'est leur moyen de contrôle pour le
choix de leur installation. Après l'ouverture
de la malle, un bout de toilette pour secouer
la poussière de la route.

Onze heures, la cloche sonne ou le gong
résonne lourdement. C'est l'heure du déjeuner. Délicieuse harmonie, ce carillon ! Il
réjouit notre estomac aux abois et qui, selon
la vieille formule, est descendu dans nos
talons. Remettons à plus tard, la visite du
médecin. La Faculté serait enchantée de nous
voir, dès le début, en si bel appétit.

— Nous mangerons à la grande table,
disons-nous au maître d'hôtel qui se tient à
l'entrée de la salle, et vient à notre rencontre
empressé et souriant, sa serviette sous le bras.

10

Entre nous, c'est plus amusant, puis on ne ressemble pas aux « isolés des petites tables ». Les malheureux ! ils ont l'air d'être en pénitence. Est-ce timidité ? Nullement. Le plus souvent, s'ils évitent la promiscuité de la table d'hôte, c'est par discrétion, pour ne pas imposer à des convives grincheux le bavardage et la turbulence de leurs enfants, ou par pudeur pour ne pas donner, devant le public, le spectacle d'un vigoureux appétit, et pouvoir, sous l'action excitante des eaux, reprendre copieusement deux fois du même plat.

Ce que ces pauvres diables privés de toute communication avec les humains doivent, au fond, s'ennuyer pendant le repas !

Beaucoup de monde dans la vaste salle à manger, décorée de fresques encadrant de hautes fenêtres. Autour de la table, des gens aussi étranges qu'étrangers, venus des cinq parties du monde, les uns ronds comme des

tonnes, les autres droits comme une latte de
dragon. Quelques Français cependant, et
aussi des Parisiens, qui prennent place en
costume du matin : les hommes en complet
de flanelle rayée ou veston de cheviotte, les
dames en toilettes claires, qu'elles savent
rendre suggestives. Comme au théâtre, à
table d'hôte, se pose la question des chapeaux. Les élégantes doivent-elles garder ou
ôter leurs chapeaux ? Le protocole évite de se
prononcer ; on le garde quand il est joli, on
l'ôte quand il l'est moins.

Le menu qui reparaît toujours le même,
après un cycle régulier d'une quinzaine,
passe de mains en mains. Voici le moment
d'observer nos voisins.

Début morose. On regarde du coin de l'œil
le nouveau venu, qui se borne à une mastica-
tion silencieuse. Cependant la glace se rompt
au cours du repas. Des propos s'échangent,

10

que nous cueillons au vol. Il y en a de drôles. Il y en a de colossalement idiots.

Un monsieur, la bouche en cœur, une fleur
à la boutonnière :

— Je ne bois que du vin blanc. Le vin
rouge tache les plastrons.

Son voisin de table, figure de bon vivant :

— A la chasse je me munis toujours de
deux gourdes ; l'une de fine dans la poche de
droite, — pour moi ; l'autre de fil en quatre
dans la poche de gauche, — pour les amis.

— Vous croyez encore aux propriétés fer-
rugineuses des eaux de Fenestre, dit un pince
sans rire qui cherche à étonner la galerie ;
mais le fer que contient cette source vient
des outils abandonnés en toute hâte par des
ouvriers surpris lors du creusement du puits.

Sceptique, va !

Tout près de nous, un convive très sourd auquel sa femme parle à l'oreille comme à la bonde d'une barrique. Elle lui raconte les histoires du pays arrivées par le dernier courrier. Lui répond doucement par des « Oh ! Ah ! Vraiment ! Pas possible ! Je ne l'aurais jamais cru ». Impossible, avec ces exclamations, de se rendre compte de leur conversation.

Et au travers de la table, se croisant comme des feux de file, circulent d'aimables banalités :

— Beaucoup de monde à la pulvérisation.
— La saturation est de vingt-et-un jours.
— Comme il masse bien !
— Vraiment, elle donne bien la douche !

Propos, en somme, de gens bien portants, et échangeant en petit comité leurs impres-

sions. D'autres, plus malades sans doute,
plus communicatifs aussi, racontent les misères de leur santé. Avant que le déjeuner
s'achève nous avons reçu plus d'une confi-
dence de ce genre. La vie n'est qu'une lutte
contre la maladie. Mais le dernier coup de
fourchette est donné, la salle se vide. Un
à un les voyageurs de la table d'hôte se
lèvent et se dispersent. Suivons leur exem-
ple.

Par cette chaude journée, il serait agréable
d'imiter les indolents ; à demi assoupis dans
le fauteuil à bascule, ils se livrent à la
sieste et digèrent leurs eaux. D'autres, que
poursuit ici le besoin de l'action, se dirigent
vers la place des Quinconces, encombrée de
chevaux sellés,
de troupeaux
d'ânes cou-
verts de bâts
et de landaux

attelés de deux chevaux. La troupe prend son vol et part pour des excursions prochaines ou lointaines du côté de Latour, de la roche Vendeix ou du Mont-Dore.

Parmi les enthousiastes de pittoresque, il y a d'intrépides marcheurs qui ne craignent point d'escalader les sommets élevés pour respirer l'air oxygéné des hauts plateaux et les émanations balsamiques des pins ; il en est de plus calmes que le funiculaire transporte sur le plateau des Charlannes, où ils jouissent d'un panorama grandiose, encore embelli par les jeux de lumière et d'ombre que donnent les pas incessants du soleil.

N'oublions point les sédentaires peu sensibles aux charmes du paysage. Toute la journée ils tournent devant l'établissement comme dans un manège. Hier, ils faisaient cette promenade monotone, ils la referont demain et ainsi jusqu'à la fin de leur séjour.

Faire les cent pas sous les allées de tilleuls de la place du Jet-d'Eau, nous paraît un passe temps qui ne saurait se prolonger indéfiniment. On vient ici plus pour se soigner que pour flâner, aussi c'est au médecin que nous ferons notre première visite.

Ils sont loin les médecins de Molière, ces vieux disciples d'Esculape, à la mine rébarbative, bouffis de leur importance et farcis d'une science apprise dans les livres grecs ou latins. Des types accomplis d'hommes du monde, les médecins d'aujourd'hui. Tous charmants, ceux de la Bourboule. Nous subissons, chez le nôtre, la petite corvée obligatoire : il faut attendre son tour, l'appel du numéro d'ordre qu'on vous donne à l'arrivée. Mais dès l'entrée dans le cabinet sévère, l'accueil souriant du bon docteur nous rassure : on se rendrait malade pour avoir le plaisir d'être soigné par lui :

— Asseyez-vous, Monsieur, vous m'êtes recommandé par le docteur X...

— L'un de mes meilleurs amis.

— Tirez la langue... toussez... respirez... ne respirez plus... très bien...

— Rien à l'auscultation, docteur ?

— Non.

— Pourquoi cet appareil qui ressemble à la trompette de Jéricho ?

— Ne craignez rien, vous n'êtes pas de ces malades gravement atteints. Le cœur est bon. Pas d'hypertrophie. Inutile de vous stéléscoper. Je vais vous prescrire des douches, mais dites à l'opérateur qu'il est inutile d'insister sur la colonne vertébrale.

— Vous me rassurez. Je me sens mieux déjà. Et vous avez à La Bourboule tant de malades que cela ?... On ne peut pénétrer jusqu'à vous qu'après une longue attente.

— Ah ! ne m'en parlez pas. Leur nombre

augmente chaque année. Nous soignons ici,
et nous guérissons souvent, les affections
réputées les plus incurables : la scrofule
et le lymphatisme, la névrose et la dermatose,
la chlorose et l'eczéma, l'emphysème et le
coryza chronique, sans parler des bronchiteux
catarrheux et autres « précieux malades »,
comme disait Rabelais.

— Oui, je vous voir venir, mais aussi je
vous plains. Passer sa journée à examiner,
d'après le modèle vivant, des dartres, des
herpès, des psoriasis et des lupus ; étudier,
dans des vases gradués, le superflu de la
boisson, lors des cas de glycosurie, de glycé-
mie et de glycogémie...

— Où donc avez-vous appris tous ces
mots là ? C'est du grec impossible à compren-
dre pour le vulgaire... notre langue maçon-
nique.

— Tout à l'heure, dans le salon d'attente
où je feuilletais un guide à votre station

thermale... Vous m'avez interrompu... Je
disais donc qu'il fallait aussi la vocation...

— Trop aimable...

— Quelle corvée délicate ! Recommander
aux affligés du prurit des affections cutanées
de couper leurs ongles pour éviter de se
déchirer les chairs.

— Encore, si tous les malades étaient
dociles. Or, à combien faut-il dire : Voulez-
vous recouvrer la santé ? Oui, n'est-ce pas ?
Alors, suivez scrupuleusement mon ordonnance. La guérison n'est qu'à ce prix.

— Vous aimez votre profession, vous avez
les grâces d'état. Mais savez-vous, docteur,
à qui je vous compare mentalement quand
vous écrivez l'ordonnance ?

— Dites toujours ?

— Vous n'allez pas vous fâcher d'une
comparaison ? Il me semble que vous ressem-
blez à un organiste devant son clavier avec
ses tiroirs expressifs vous jouez avec la

11

douche, le bain, le humage, la pulvérisation, le verre d'eau. Un quart de verre *(piano)*, un demi-verre *(crescendo)*, un verre entier *(forte)*. Douche d'une minute *(allegro)*. Pulvérisation à la palette variant de quinze à vingt minutes *(moderato)*. Humage prolongé d'une demi-heure *(andante)*.

— Et vous oubliez qu'au bas de la consultation je vais fixer la date de la prochaine visite.

— Je ne vous la ferai pas attendre. Ce sera toujours un plaisir pour moi de causer avec un homme d'esprit. Je ne parle pas de l'homme de science.

— C'est pourtant celui-ci qui vous répond, pour n'être pas en reste : Vous êtes atteint d'une maladie fort grave; elle ne vous permettra pas de dépasser la centaine. Avec nos douches, quelques verres d'eau et l'air vif des montagnes aidant, vous passerez un excellent hiver... Ah! un mot encore : N'allez pas vous inquiéter si vous sentez quelques troubles passagers. C'est la crise des eaux. Elles agissent, donc elles guérissent.

— Alors, une panacée universelle ?

— Ne riez pas. Nos eaux sont riches en bicarbonate de soude et en chlorure de sodium. Ces deux agents s'allient ensemble pour présenter l'arsenic à l'estomac et le faire digérer par les plus délicats. Grâce à eux, on peut prendre impunément de l'arsenic, un grand remède quand il n'est pas un grand poison. Vous savez, d'ailleurs, qu'il n'y a plus de poison aujourd'hui : il n'y a que des doses.

Ces dernières paroles sont prononcées très vite. Notre médecin agite nerveusement son coupe-papier, jette un coup d'œil sur la petite horloge de voyage qui orne un coin de sa table. A ce moment, du reste, l'appariteur gratte discrètement à la porte, l'entr'ouvre, fait un signe à son maître.

Nous avons compris.

Le docteur nous tend la main, et toujours souriant, nous accompagne jusqu'à la porte et nous remet le bulletin imprimé, où il a mis, à la plume, en regard des mots préparés : Douches, Bains, Boissons, Pulvérisation, l'ordonnance telle quelle résulte de la consultation avec des quantités bien dosées.

Ne croyez pas que nous voulons railler La Bourboule, encore moins la Faculté, en la personne d'un de ses plus aimables représentants. Tant qu'il y aura des malades, il y aura des médecins : nous sommes les premiers à appeler le nôtre, à la moindre misère, dès que l'équilibre de notre santé menace de se rompre.

Quant aux eaux de La Bourboule secondant l'action de l'atmosphère si pure de cette station thermale, elles ne sont point une préparation pharmaceutique. Les agents

qui les composent guérissent mystérieusement, par leurs propriétés intrinsèques.
Le docteur avait à peine besoin de nous le
rappeler.

Tout en philosophant, nous avons laissé
passer le temps. Une heure d'attente chez
le médecin, une demi-heure de conversation
avec lui, une heure encore dépensée en flâ-
nerie sans but ; il est quatre heures, et nous
ne pouvons songer à regagner l'hôtel, où
la cloche du dîner n'est pas près de sonner.

Un tour dans La Bourboule, une visite
obligatoire aux deux établissements Mabru,
Choussy, voilà plus qu'il n'en faut pour
occuper la fin de la journée. Mais c'est aux
Grands Thermes que nous nous attardons
un peu en prenant langue avec le service
des bains et des douches, car c'est là que
nous commencerons demain notre traitement.

Il reste encore un peu de temps à dépenser.

Sous ce beau soleil la promenade sollicite
les désœuvrés. Aux voyageurs privés par
 leur santé du
plaisir des ex-
cursions loin-
taines, La Bour-
boule, elle, offre
néanmoins le
moyen de se récréer les yeux sans se fatiguer
les jambes.

En quittant l'établissement des Thermes,
le pont du Merle nous conduit au Parc de
Fenestre, l'ancienne Prairie aux Merles, que
le docteur Peirronel acquit de Guillaume
Lacoste, et vendit au premier groupe de la
Compagnie des Eaux. Des allées sinueuses
y serpentent autour de petits ruisseaux sur
lesquels les enfants peuvent diriger sans
danger des flotilles de bateaux. Les branches
des arbres tamisent la lumière du soleil et
tout en lisant son journal, on peut goûter

sous ces ombrages une fraîcheur délicieuse.

C'est là qu'avaient lieu, d'après la tradition, les batailles de fleurs ; combats joyeux et inoffensifs, sans morts ni blessés, avec l'accompagnement obligatoire des confettis multicolores et des serpentins qui transforment les arbres en saules pleureurs. Lointains souvenirs d'une époque où, par privilège spécial, on pouvait battre les femmes avec des fleurs. Comme les chars victorieux dans les jeux du cirque, les voitures primées défilaient dans l'arène, et le jury donnait en récompense aux vainqueurs des flots de rubans et des bannières à la hampe dorée,

Plus loin, peu au-delà du parc Fenestre, le Comité des Fêtes a fait aménager un vélodrome sur l'ancien champ de courses qui dépendait du domaine des Suchères et que partage en deux le cours du Vendeix. Un chemin creux, tout embaumé du parfum

des fleurs, mène à ce vélodrome du Mont-
Sans-Souci, au bas duquel coule la Dordogne.
Un labyrinthe de sentiers nous ramène au
Casino Chardon, ainsi nommé en souvenir
d'un des hommes intelligents qui contribue,
et a le plus contribué avec sa femme, à la
prospérité de La Bourboule.

Le Casino Chardon est en partie à ciel
ouvert, véritable parc dans lequel se succèdent
les bals d'enfants et les spectacles à l'usage
des grandes personnes. On y donne quelquefois des représentations d'ombres animées.
On y joua un soir le *Mort récalcitrant* avec
des amateurs et des artistes de la troupe du
théâtre. De belles kermesses de charité y
eurent lieu. — Sur la terrasse du café,
vinrent jadis les chanteurs ambulants avec
Eugénie Buffet et sa chanson des *Petits Pavés*.
Nous en croyons sur parole un de nos voisins
de table d'hôte qui nous a reconnu et se
constitue notre cicerone.

— Vous savez, nous dit cet obligeant provincial, natif de Saint-Flour, que les meilleurs artistes de Paris viennent ici donner des représentations au Théâtre Chardon, que dirige maintenant le sympathique ténor Azaïs. Toutes les tournées d'été passent par La Bourboule. Hier, c'était la pantomime avec Jeanne May, Marianne Chassaing, Charlotte Wike, demain, ce sera la comédie Réjane, Sarah Bernhardt ou Coquelin. D'ailleurs, vous devez retrouver Paris ici. Est-ce que le Parc Fenestre ne vous a pas rappelé le Parc Monceau ?

— Sans statues, hasardons-nous timidement. Nous avions déjà fait la même remarque.

Autre observation, notre aimable compagnon, grand lecteur de journaux parisiens, imite, inconsciemment peut-être, Alphonse Allais et les humouristes de son école. Il a des sorties qu'il devrait réserver pour la table d'hôte où leur succès serait assuré.

— Les Auvergnats sont plutôt gras que maigres, à moins que ce ne soit le contraire, ils sont faciles et doux, quand ils ne sont pas ivrognes et querelleurs.

Et celui qui débite, suivant le procédé facile de l'antithèse, ces facéties un peu grosses, content de lui, éclate, à chaque mot, d'un bon gros rire d'une gaîté communicative.

— Eh ! mais, il est six heures, le dîner va sonner, disons-nous à notre homme, dont il convient à la fois de tarir la faconde intarissable.

Rentrée à temps à l'hôtel pour assister à la descente sensationnelle par le grand escalier des voyageurs qui se rendent à la table d'hôte. Des dames ajustent un pli, arrangent un frison, se regardent dans la glace, avant de faire une entrée à effet. Quelques-unes sont en toilette de soirée, accompagnées d'hommes en smoking : ceux-là vont au restaurant.

Dans tout grand hôtel qui se respecte
est installé un restaurant pour les voyageurs à mine hautaine, qui veulent dîner à
part en payant plus cher. C'est à la lueur des
bougies aux abat-jour roses que ces fins
gourmets dégustent le canard au sang et les
fruits rafraîchis. Les bruits de la salle voisine
leur arrivent atténués. Eux, sont la bonne
compagnie. Ils ne font pas de bruit. Ils
s'ennuient avec résignation en silence. Leur
sort est peu enviable. Souvenez-vous du
Savetier de La Fontaine.

Maintenant, aux lumières, la table d'hôte,
garnie de fleurs, a pris un aspect élégant
qu'elle n'avait pas le matin. La conversation
aussi est plus animée. On se raconte les
promenades sous bois, les excursions de la
journée, à la Cascade de la Vernière, au
lac de Guéry, au plateau des Charlannes
— des noms que nous entendons pour la
première fois et qui nous deviendront bientôt

familiers. Un groupe de jeunes gens a fait
un déjeûner champêtre dans une clairière,
et ce sont les plaisanteries d'usage, le récit
des petites incommodités d'un joyeux pique
nique où l'on a mangé sans nappe et sans
chaises.

Devenu de nouveau sa proie, le voisin de
tantôt ne nous lâche plus. Il ne tarit pas
d'anecdotes un peu banales que nous écoutons
d'une oreille distraite. Toute l'attention des
convives est tournée vers le monsieur décoré,
militaire en retraite ou magistrat en vacances,
qui jouit d'une grande considération et fait
gravement un petit cours médico-scientifique
sur l'efficacité des eaux de La Bourboule
et une description scientifique et pittoresque
de l'établissement. Cette réclame, involontaire
assurément, agace l'éternel bêcheur du déjeûner qui profite d'un moment d'accalmie
pour saisir le dé de la conversation; il rompit
les chiens par ses paradoxes.

— Savez-vous ce que mon médecin m'a dit? Moins on boit, mieux on digère. Et j'ai eu beau lui répondre que l'eau était le meilleur des digestifs, il n'a pas voulu en démordre, et m'a soutenu que pour bien digérer, il ne fallait pas boire du tout. Mais, à ce compte-là, mieux vaudrait ne pas nous envoyer à la buvette.

On rit, le grincheux s'enhardit, il confie à son voisin de table, assez haut pour être entendu de tous, qu'il passera la fin de son été à la campagne, chez des amis :

— Je m'ennuie chez moi et ça me coûte, je m'ennuie aussi chez les autres, mais ça ne me coûte rien.

Le dîner s'achève dans un brouhaha joyeux, les faces se congestionnent, la digestion opère déjà. Quelques jeunes gens racontent leur déveine persistante aux petits

chevaux ; leur fétiche ne leur a pas porté
bonheur. Leur argent, après tout, restera
dans le pays.

Une dame mûre, plate comme une planche
de sapin, fait observer que les petits fours
sont comptés avec parcimonie, suivant le
nombre des convives et qu'on pourrait bien
les repasser deux fois. Quelle ironie ! C'est
devant elle que les serveurs replacent les
compotiers vides de pêches et d'abricots.

Mais à présent, que faire ? A huit heures,
la vie de Paris commence, la vie de La
Bourboule est presque achevée. Notre voisin
de table s'esquive, enchanté de nous glisser
mystérieusement dans l'oreille qu'il a un
rendez-vous. Les nouveaux arrivants, dans
les hôtels, n'ont pas la ressource de la cau-
serie au salon ou dans les vastes couloirs.
Ils n'ont provoqué encore aucune sympathie.
Nul n'éprouve le besoin d'échanger des idées

avec eux. Ils doivent attendre les compagnons de rencontre que le sort pourra jeter sur leur route.

Nous savons vaguement qu'ou joue au poker dans un des salons, mais le jeu, outre qu'il exigerait des présentations, ne nous tente guère. Une séance de physique amusante est annoncée pour neuf heures. C'est bon pour les enfants, que ravissent les tours de cartes ou de gobelets. Merci ! Nous avons vu assez souvent les omelettes fantastiques des émules de Robert Houdin.

Décidément, après avoir fumé un cigare devant la porte de l'hôtel, il sera doux de se coucher et de dormir, pour oublier les fatigues d'une mauvaise nuit en chemin de fer. Il faut que la nature reprenne ses droits.

A peine la tête sur l'oreiller, le sommeil réparateur n'est pas long à venir. Hélas ! l'hôtel est plein de rumeurs. Des enfants, que leur bonne déshabille, crient à faire

vibrer les cloisons épaisses comme des pelures
de mirlitons. Tous les bruits se répercutent
comme dans les souterrains du Panthéon.

Nous nous trouvons pourtant dans l'état
de douce insensibilité où se perd la notion
des choses, nous n'oserions même affirmer
que nous n'avons pas déjà dormi un peu
quand un vacarme effroyable éclate au-dessus
de notre tête.

Ce sont des bottines que notre voisin
d'en haut jette avec fracas sur le plancher de
sa chambre, sonore comme un tambour. Ce
noctambule, qui rentre, très allumé, du
casino, a-t-il perdu au baccarat ? En tout cas
il est nerveux, agité, va et vient avec l'activité
fébrile que donne le traitement thermal.
Chacun de ses pas résonne. Enfin, il a dû
éteindre sa lumière électrique ; nous ne
l'entendons plus.

Il ne dure pas longtemps, le silence rêvé.
Des portes s'ouvrent et se ferment dans les

corridors lointains, réveillant tous les échos dans le grand calme de la nuit. Ce sont d'autres attardés qui rentrent. Qu'ils aillent donc au sabbat des sorcières de La Bourboule !

Allons-nous pouvoir

> Reprendre notre sommeil

comme chante le pâtre au 4ᵉ acte de *Mireille ;* peut-être, mais pour combien de temps ?

Une musique bizarre nous tient à demi éveillé, ses accords rappellent les râles éoliens et vibrants de l'emphyzème. Elle sort de la poitrine d'un de nos voisins pourvu d'un appareil respiratoire défectueux et aux prises avec la toux opiniâtre d'un catarrhe chronique. Musicien sans le savoir, sans le vouloir surtout, il dort mal et empêche les autres de dormir.

Bientôt l'aube paraît avec sa lueur incertaine. C'est le signal des réveils, autre fléau du dormeur. Les garçons de chambre frappent lourdement aux portes, à droite, à gauche.

— Il est cinq heures !

— Il est six heures !

Nous nous retournons sur notre lit comme saint Laurent sur son gril. Impossible de rappeler le sommeil qui s'est enfui. Toutes les colères s'éveillent en nous.

Maintenant il fait déjà grand jour. L'escalier craque sous le poids des malles des voyageurs qui partent par les premiers trains. C'est intolérable et ce n'est pas tout. Voici les départs pour les excursions, les guides font claquer leurs fouets. La mise en route des automobiles s'effectue laborieusement avec le teuf-teuf de la machine qui ronronne et s'ébroue.

Vers sept heures, les bruits s'apaisent. Un calme relatif succède à la tempête ; un repos matinal va-t-il aussi succéder à notre insomnie ?

Nous avons compté sans le lève-tôt, l'anti-
pode du couche-tard. Les deux variétés sont
aussi désagréables l'une que l'autre.

Le lève-tôt s'arrache de bonne heure aux
bras de Morphée. Il court à sa fenêtre et
l'ouvre bruyamment! C'est pour lui une
nécessité d'emplir ses poumons de l'air frais
du matin. On l'entend peu après barboter
comme un marsouin dans sa cuvette. Il
fredonne un air d'opérette, au besoin il dan-
serait un *cake-walk* pour se dégourdir et se
réchauffer. Ne le croyez pas sans malice, il
se venge à son tour et à sa façon d'avoir été
troublé pendant la nuit.

Quant à nous, la fatigue nous retient sur
notre couche sans pouvoir essayer de justes
représailles. Affligé d'un couche-tard au-
dessus, gratifié comme compensation d'un
levé-tôt et d'un dort-mal de chaque côté,
nous nous trouvons, selon le proverbe, entre
l'enclume et le marteau. La philosophie

nous enseigne la résignation. Il faut dit-elle savoir subir ce que l'on ne peut empêcher.

Telle fut notre première nuit d'Auvergne. Nous n'y dormîmes pas tout d'abord comme un caillou. Mais on se fait à tout.

Après cette journée nous étions acclimaté. Nous n'avions plus qu'à la multiplier par vingt-et-un, le nombre de jours que dure une saison.

CONCLUSION

Nous avons passé un bon hiver. Décidément La Bourboule est un excellent auxiliaire pour lutter contre certains des maux qui affligent notre pauvre humanité. Faites comme nous, venez éprouver les effets bienfaisants des eaux et vous guérirez. C'est la grâce que nous vous souhaitons. Ainsi soit-il !

TABLE

TABLE DES MATIÈRES

————

Achevé d'imprimer

le dix Juin mil neuf cent trois

PAR L. CLOUZOT

NIORT

www.ingramcontent.com/pod-product-compliance
Lightning Source LLC
Chambersburg PA
CBHW051818020726
47502CB00005B/1512